Léo MOTHE

LAISSEZ-LE VIVRE

selena
éditions

ISBN : 979-10-94886-25-0

Chapitre 1

Il est huit heures, en ce matin de janvier 65, les neiges des jours passés, illuminées par les reflets du soleil levant, envahissent les yeux fragilement éveillés de Pierre.

L'école n'est qu'à quelques pâtés de maisons du square, où jadis les vergers étaient couverts de vignes des bons raisins d'antan.

C'est là, pendant ce chemin de solitude que Pierre se met à rêver de son avenir, malgré ses sandales en plastique que l'été n'avait pas suffi à user pour espérer des chaussures d'hiver, entre la maison jumelle du Square du verger et l'école des Bons Raisins.

Sur ce chemin entre l'enfer et la dure loi de la vie, il n'imaginait pas le destin qui allait être le sien, sa préférence allait plutôt à l'école et ses excès autoritaires.

La joie des matins frileux à quitter à la hâte la maison, pour aller à l'école n'avait d'égal que ses rêves de liberté future.

Pierre – Petit Pierre, était un enfant calme et triste souvent retranché dans une névralgique douleur due aux excès d'autorité de sa famille.

La seule idée de s'exprimer ne pouvait lui traverser l'esprit, tellement il était aussitôt fustigé par sa mère ou par ses sœurs.

Il n'avait aucunement le droit à la parole et si, par malheur, il lui arrivait d'intervenir, les justicières familiales se chargeaient de le remettre à sa place.

En effet, en dehors du grand Daniel, le seul garçon, la maison n'était peuplée que de filles classées en deux catégories par Pierre : les très méchantes et les méchantes, la palme de l'ignominie revenant bien évidemment à sa mère.

Parmi les premières, il y avait Denise, Michèle et Viviane. Dans l'autre, Joëlle, Yvette, Liliane et Jacqueline l'aînée, que Pierre ne connaissait pas encore puisqu'elle était mariée et ne vivait pas avec eux.

La hiérarchie familiale était établie en fonction des âges qui variaient d'un ou deux ans entre chaque enfant.

Denise, l'aînée était la chargée de famille, puisque Joëlle avait aussi quitté la maison pour vivre sa vie, elle prenait son rôle très à cœur, sa méchanceté redoublait au fil du temps.

Denise avait l'art et la manière de vous faire mal : une sorte de jouissance chez elle ; son visage semblait aussi gris que les blouses d'école d'alors.

Pierre se souvient encore des paires de claques qu'elle distribuait, en vous obligeant à mettre les mains derrière le dos ; elle passait les siennes sous l'eau, pour bien faire « claquer » comme elle se plaisait à dire.

Mais tout cela n'était rien à côté de ce qui attendait Pierre.

Au milieu de ses sœurs, il était le plus jeune ; Viviane la petite n'avait qu'un mois d'écart avec lui. À son âge, Pierre ne pouvait comprendre cette situation ; il était le seul garçon de la famille car Daniel – qui était issu d'un premier mariage de sa mère – n'était plus à la maison depuis longtemps.

Quant à l'autre homme de la famille, le père de Pierre, il y avait bien longtemps qu'il avait perdu tout espoir d'autorité familiale, un jour de mai 1964, suite à un terrible accident du travail sur les chaînes de montage de la régie de Billancourt.

Cet homme, à la stature d'ancien footballeur de bon niveau, en fut réduit à se déplacer avec une canne jusqu'à la fin de ses jours.

L'admiration de Pierre pour son père était totale ; c'était un homme d'une culture très au-dessus de la moyenne qui avait une capacité à répondre à toutes les questions qu'on lui posait sans la moindre hésitation.

Pierre se demande encore aujourd'hui par quel hasard cet homme si brillant, prothésiste dentaire de formation, s'était lié avec cette femme qui allait devenir sa mère.

Pierre partageait avec cet homme une complicité particulière, les sourires émus et les clignements d'œil complices en disaient long ; heureusement que petit Pierre pouvait se rattacher à ce petit espoir !

Malheureusement, chaque fois que Pierre devenait le souffre-douleur de ses sœurs ou de sa mère, son père ne pouvait intervenir comme il l'aurait souhaité, tant son handicap le clouait dans son fauteuil de réflexion. Pierre le devinait dans son regard de souffrance, il n'en voulut jamais à son père ; il subissait les affres de cette famille sans se plaindre, encaissant chaque jour sa dose « homéopathique » et gratuite de coups et d'humiliation.

Heureusement, il y avait l'école, même si pour Pierre, c'était encore une contrainte, mais aussi une échappatoire incontestable : elle allait lui servir d'exutoire et devenir la scène de ses pitreries, car Pierre n'était qu'un enfant qui avait besoin de s'extérioriser et surtout, d'attirer les regards sur lui, malgré une timidité paradoxale.

Son terrain d'expression allait être hors de la maison de l'enfer ; là où il faisait rire ses copains de classe et de rue, le terrain étant propice aux égarements.

Les retours à la maison étaient un calvaire ; Pierre savait que les tâches ménagères les plus hostiles l'attendaient, sous la surveillance de ses machiavéliques sœurs, en attendant le retour de la mère qui sonnait le tocsin du mal-être à venir.

Les repas du soir étaient une longue attente : pas un mot ou un échange quelconque n'était autorisé à Pierre.

Les desserts d'alors n'étaient partagés qu'entre les machiavels ; Pierre ne comprenait jamais pourquoi il en était toujours privé.

La seule chose qu'il pouvait espérer était un restant d'assiette laissé par l'une ou l'autre de ses sœurs.

Débarrasser, faire la vaisselle étaient son lot quotidien.

Les nuits pour Pierre étaient synonymes de tranquillité et de rêverie ; malheureusement, il n'en était pas de même pour le réveil qui se traduisait régulièrement par le début des hostilités familiales.

Le rythme des jours de Pierre était bercé par l'humiliation et les coups donnés par cette famille qui n'en était pas une pour lui ; il le savait déjà.

Cette nuit a été rude pour Pierre ; son corps porte encore les stigmates des coups de la veille, mais sa douleur physique n'est rien par rapport à sa souffrance morale.

Très tôt, Pierre comprit que l'injustice allait le poursuivre, sa seule réflexion était de savoir comment lui échapper.

Il y avait bien de temps en temps une assistante sociale qui venait lui rendre visite, le jeudi après-midi, et là, comme par enchantement, Pierre était tout à coup traité comme un « enfant roi », mais dans son esprit, il n'était même pas question d'espérer se plaindre de ses traitements familiaux, sous peine de représailles.

La mère de Pierre lui dictait la conduite à tenir auprès des poseurs de question.

Un jour pourtant, il crut en sa libération. Ce matin-là, Pierre était encore marqué par les coups des jours précédents ; sa maîtresse d'école n'y tint plus et questionna Pierre :

– Mais que t'est-il arrivé ? Tous ces bleus, ils sont pas venus par la voie du Saint-Esprit ?

Impressionnée par les bégaiements et l'hésitation de Pierre, sa maîtresse fit intervenir Mme Lefèbvre, l'infirmière de l'école, et là, quelle ne fut pas sa surprise : Pierre avait le dos lacéré de coupures et d'écorchures !

Pierre eut beau tenter d'inventer une histoire pour ne pas créer de suspicion envers sa famille, c'en était trop.

De mémoire de Pierre, jamais le départ à l'école ne fut aussi pénible. Il redoutait la confrontation de sa mère avec la directrice de l'école.

Pierre se devait d'être présent de cette entrevue.

– Madame Hocquemiller, pouvez-vous nous expliquer ce qui est arrivé à Pierre ? demanda madame Dehlia, la directrice.

Pierre entend encore aujourd'hui la réponse résonner dans sa tête.

– Oh, c'est simple ! Il jouait dehors avec sa petite sœur Viviane, il est tombé dans les ronces…

– Ah bon ? S'étonna Madame Delhia.

– Vous pensez que ce sont des marques de ronces qui ont pu faire de telles égratignures sur son dos ?

– Oui, oui, je vous assure.

– Mais enfin, Madame, vous voyez bien que ce sont des blessures profondes et qu'il n'y en a que dans le dos, rien sur les bras et ailleurs, je ne pense pas que votre fils joue, torse nu, dehors en plein mois de février ? Qu'avez-vous à nous répondre, car nous allons être obligés de prévenir l'assistante sociale si vous ne vous expliquez pas ?

Pour la première fois de sa vie, Petit Pierre vit sa mère baisser la tête, amorcer un début de pleurnichement, avant de se reprendre et d'enchaîner :

– Mais vous savez, Pierre est un enfant très turbulent, il n'écoute jamais ce que je lui dis il a une tête de cochon, il est insupportable, fait pipi au lit exprès, tape toujours sa petite sœur Viviane, c'est vraiment un enfant très dur.

– Vous me surprenez madame ! À l'école, Pierre est un garçon sage, plutôt réservé pour un enfant de huit ans, vraiment je ne comprends pas !

– Écoutez, madame la directrice, Pierre a frappé sa petite sœur. Pour le punir, je lui ai mis une fessée ! Comme il se débattait, j'ai été obligée de le frapper avec une ceinture ! Je vous promets que ça n'arrivera plus jamais ! Vous savez, on est une famille nombreuse. Mon mari ne travaille plus, il est handicapé et moi je travaille toute la journée. J'ai beaucoup de mal à élever Pierre qui est très dur, je vous jure, madame la directrice, que ça n'arrivera plus jamais. Si vous le dites à l'assistante sociale, je risque de perdre mes allocations !

Pierre était pétrifié. Il sentait que la situation tournait en faveur de sa mère. La directrice, si véhémente au départ, devint complaisante. Décidément, l'injustice lui collait à la peau.

– Écoutez madame, pour cette fois-ci, nous allons vous accorder le bénéfice du doute, mais nous ne voulons plus que cela se reproduise, car là, nous ne pourrons plus faire autrement. Quant à toi Pierre, il faut nous promettre de ne plus jamais frapper ta petite sœur et d'être gentil avec ta maman, d'accord ?

Timidement Petit Pierre s'entendit dire :

– Oui, madame, c'est promis.

Le soir, de retour à la maison, Pierre n'imaginait pas quel allait être son calvaire.

– Ah te voilà, toi, viens ici !

À peine le temps de s'approcher que ça recommençait ! Comme tous les jours, sans savoir pourquoi…

– Alors, t'as été te plaindre à l'école ?…

– Mais non, mais non, j'ai rien dit, c'est la maîtresse qui a vu, moi j'ai rien dit !

– Menteur !

Encore un coup sur la tête !

– Ça t'apprendra à mentir ! T'es puni, tu mangeras pas ce soir, tu vas dormir à la cave avec les rats, comme ça, tu pisseras pas au lit !

Quand Pierre dormait dans un lit, il était tellement effrayé à l'idée de demander d'aller aux toilettes qu'il lui arrivait effectivement de s'oublier. Comment une femme, aussi stupide fut-elle, pouvait-elle imaginer qu'il le faisait exprès ?

Ce jour-là, Pierre ne l'oubliera jamais car, quand il prenait une volée, sa sœur Viviane en profitait pour lui asséner quelques coups de pied, sous le regard impassible de sa mère et du reste de la famille.

La seule personne qui tentait bien de désapprouver était le père, mais il n'avait malheureusement aucun moyen de défendre Petit Pierre ; il lui arrivait même de se faire rabrouer par ses propres filles.

Assis dans l'escalier de la cave où il était confiné, Pierre avait peur, l'obscurité et le froid suffisaient à attiser ses pires cauchemars. Il ne comprenait toujours pas pourquoi il devait subir ces affres. Il repensait à la directrice de l'école et à sa mère.

Mais comment pouvait-elle dire qu'il frappait ses sœurs, alors qu'elles passaient leur journée à lui taper dessus pour un oui ou pour un non ; il n'avait absolument pas la force de se défendre.

Et cette directrice, comment avait-elle pu le lâcher comme ça alors qu'il ne lui demandait rien, il ne pouvait plus faire confiance à personne, ni à la famille, ni à l'école, il était cerné. L'injustice, que voulait dire ce mot pour lui ?

Pierre était envahi d'incertitude. La rancœur commençait à prendre place dans son âme. La seule chose à laquelle il se raccrochait, était la promesse journalière d'aller en pension !

Chapitre 2

Le temps s'effilochait plus qu'il n'avançait pour Petit Pierre.

Quand un beau dimanche de mai, alors que le soleil avait décidé d'éclairer le petit square où tous les enfants de cette merveilleuse cité s'amusaient, Pierre regardait par la fenêtre du séjour tous ses petits copains jouer au tour de France, son jeu préféré.

Il y avait là Tino Hectore, Jacky Bienvenue, Michel Cointre, Dady Bousnina, Didier Thepot, Pierrot Gailliard… Pierre ne pouvait tous les citer tellement ils étaient nombreux, lui, derrière sa fenêtre, avec l'envie de les rejoindre sans en avoir le droit.

La maman et toutes les sœurs de Petit Pierre pour une fois étaient absentes ; elles étaient parties à une réception donnée par la société de sa mère, fête à laquelle Petit Pierre avait été invité ou exclu ? Papa jouait à la belote avec des copains.

Voyant Petit Pierre près de la fenêtre, son père lui dit :

« Tu veux aller dehors ? Vas-y mais ne dis rien à maman ce soir, quand elle va rentrer sinon on va se faire enguirlander, essaye de pas te salir et ne sors pas du square ».

Un sourire de bonheur envahit le visage de Petit Pierre quand il mit ses bras autour du cou de son père :

– Merci Papa, c'est promis.

– Eh ! Oh ! Les gars ! Je peux jouer ? J'ai ma bille et mon coureur, allez, je peux jouer ?

Tino s'approcha de Petit Pierre et lui dit :

– OK, Pierrot, tu peux jouer !

Oui, « Pierrot », c'est ainsi que l'appelaient ses petits copains.

Tout était merveilleux, la maman de Jacky avait fait du pop-corn au caramel, pour tout le monde.

En ce moment d'euphorie ambiante, Petit Pierre n'imaginait pas que cette journée de rêve allait représenter le premier tournant de sa vie.

Une partie de tour de France suivait son cours,

– Vas-y ! À toi de jouer Jacky !

– À toi Pierrot !

– Ah perdu ! s'écria Jacky.

– Non, t'as triché ! Lui dit Pierre. T'es éliminé, t'as perdu ! T'es un tricheur !

– Quoi ? Moi un tricheur ?

– Ouais t'as triché ! Insista Pierre.

– J'vais te casser la figure ! répondit Jacky.

– Si tu me frappes, j' le dis à ma mère !

– C'est pas ta mère ! Lui dit tout fort la maman de Jacky qui assistait à la scène.

– Quoi ?

– Tu as bien entendu ! C'est pas ta mère !

– Ben, c'est qui alors ma mère ?

– Pas elle, ça c'est sûr ! Lui répondit-elle.

Pierre partit en courant,

– Papa, papa ! La maman de Jacky m'a dit que maman n'était pas ma mère, c'est vrai ?

Le père ne répondit pas. La tête baissée et le cœur meurtri, il ne pouvait se résoudre à parler.

– Il ne faut pas écouter les gens. On verra ça ce soir.

Le retour de toute la famille, les bras chargés de cadeaux ne rebutèrent pas Pierre qui comprit que quelque chose de grave se tramait, quand il vit son père, pour la première fois de sa vie, élever la voix sur sa mère dans la pièce à côté.

– Pierre ! Arrive de suite ! Lui dit sa mère en l'emmenant dans la cuisine et en prenant soin de refermer la porte.

Pierre, seul face à cette mère qu'il sent déjà envahie de fausse compassion à laquelle il n'a nullement envie d'accorder la moindre circonstance atténuante.

Enfin, il sentit qu'il pouvait planter son regard dans les yeux de cette mère qui pour lui, n'en avait jamais été une.

– Je suis ta mère ! Mais ce n'est pas moi qui t'ai mis au monde… Tu as été abandonné à l'âge de 15 jours par ta vraie mère. Elle était folle ! Elle a même essayé de te tuer ici ! Un jour, elle est revenue tu n'avais pas encore 2 ans. Elle t'a mis dans la cuve de linge sur le feu pour faire ta toilette et elle t'a oublié ! Personne ne sait si elle l'a fait exprès. Personne ne l'a jamais su. C'est papa qui t'a sauvé la vie ! Nous avons été obligés de te faire une transfusion sanguine, c'est papa qui t'a donné son sang ! Maintenant, on ne sait pas où sont tes vrais parents. C'est pour ça que Madame Viala, l'assistante sociale qui venait nous voir tous les mois, s'occupait un peu de toi. Nous, on voudrait t'adopter, mais pour l'instant ce n'est pas possible.

La seule question qui vint à l'esprit de Pierre fut de demander qui était au courant.

– Beaucoup de gens sont au courant. Ce n'est pas grave.

C'était la première fois que Pierre posait une question sans prendre une claque. Il était bien conscient que ce jour béni des dieux, allait changer sa vie du moins, il l'espérait.

Effectivement, à partir de ce jour, Madame Viala changea de comportement. Régulièrement, elle lui parla de sa mère génétique.

– Tu ne pourras pas la voir car cette femme est folle ! Elle pourrait te faire du mal bien plus que tu ne peux l'imaginer !

– Pourquoi suis-je arrivé dans cette famille si ce ne sont pas mes parents et mes sœurs ? Pourquoi ? insista Pierre.

– Et bien, ta vraie mère et ta maman se connaissaient bien avant ta naissance. En fait, avant d'être ta mère adoptive, elle devait être ta marraine. Mais voilà, c'est comme ça maintenant, c'est ta maman.

– Moi je ne veux plus rester là, je veux partir !

Pierre se sentit enfin la force de se plaindre, au risque de subir la vengeance certaine, qu'il savait encore présente, mais qui semblait maintenant lui donner une force supplémentaire.

– Tu ne peux pas partir d'ici, c'est ta famille, tu dois rester.

Innocemment, Pierre s'était imaginé un nouveau départ. Il déchanta et renoua avec le quotidien des habitudes familiales, c'est-à-dire les tâches ménagères, des journées entières à poncer à la paille de fer le vieux parquet du séjour, à s'en user les genoux et le dos.

Une fois l'état de grâce passé, le traitement inexorable qui lui était régulièrement réservé reprit de plus belle, les coups, les désenchantements, les humiliations à n'en plus finir.

Comme cette fois où Petit Pierre s'était encore malheureusement oublié dans son lit. Sa mère lui infligea la pire des humiliations pour un garçon de son âge : elle le mit dehors devant la porte de la maison, nu, à genoux sur un manche à balai, les mains dans le dos, avec sa petite culotte souillée lors de la précédente nuit, sur la tête.

Ainsi mis en pâture à la vue de tous ses petits copains et de leurs parents, Pierre, honteux de cette situation, ne comprenait toujours pas pourquoi le sort s'acharnait sur lui et, pire encore, cette mère qui semblait prendre un plaisir certain à le faire souffrir.

Le départ, qu'espérait tant Pierre dans ses rêves les plus fous, allait pourtant arriver.

Suite à la visite médicale de l'école, les parents de Pierre furent convoqués : il semblait que Pierre était atteint d'une maladie encore assez peu répandue à l'époque.

Pierre apprit qu'il était atteint d'une furonculose aggravée et qu'il avait viré sa cuti, sans savoir de quoi il s'agissait.

Chapitre 3

C'était la première fois que Pierre montait dans une voiture, la belle traction noire de Madame Desboeuf, celle qu'il admirait tous les jours. Elle était magnifique.

Il faut dire que, à l'époque, dans le square, il n'y avait que quelques voitures.

1966 : en dehors de la belle traction, il y avait aussi la 403 de Monsieur Cointre, la 404 break de Monsieur Gailliard, la magnifique Panhard de Monsieur Castel et la superbe DS du grand fils de Monsieur Hasseine, le voisin.

Ce jour-là, Pierre était bien habillé. Il eut le droit de monter dans la belle traction, pour une destination qu'il ne connaissait pas encore, mais qu'il s'imaginait lointaine.

Le départ de Rueil Malmaison pour Pierre prit des allures de jour de fête. Tous les voisins et les petits copains étaient là pour lui dire au revoir.

Quand il arriva enfin au préventorium du Mesnil-Saint-Denis, Pierre sentit bien qu'il allait enfin être libéré de cette famille, qu'il n'eut aucune peine à quitter. Partout ailleurs, plutôt que dans cette famille de fous.

Toute sa vie, Pierre se souviendra de ces bâtiments en brique rouge et du parc qui entourait le centre de soins.

Jamais il ne se sentit aussi bien qu'au milieu de tous ces petits garçons de son âge, avec lesquels il avait le droit de jouer et de parler.

Son premier repas du soir fut un délice. Rendez-vous compte ! Des crudités, puis du bifteck haché, enfin un dessert (une tarte aux pommes !). Il y avait aussi tous ces petits cachets que l'on donne aux malades, mais ceci, même si Pierre comprit de quoi il s'agissait, n'était qu'une mince péripétie au regard de la première magnifique soirée qu'il venait de passer.

Tout était bien organisé. Pierre s'étonna d'avoir une belle brosse à dents, un vrai gant de toilette et une serviette, le tout pour lui seul.

La toilette du soir se transforma en moment de fierté. Pierre avait envie de se dresser et de crier sa joie, mais il se contint et garda au fond de lui ce moment privilégié. Il se sentit revivre.

La première nuit, Pierre eut beaucoup de mal à s'endormir. Il ne cessa de penser à ses nuits passées de tristesse et de souffrance.

Au petit matin, il n'osa pas se lever.

Man Colette, l'éducatrice, ainsi que toutes les autres éducatrices se faisaient appeler par leur prénom précédé de Man, (sûrement une habitude ancestrale), Man Colette donc s'approcha de son lit et lui dit, avec un sourire qui resta à jamais gravé dans sa mémoire, tant il était magnifique, plein de tendresse et sûrement d'amour :

– Aller, lève-toi Pierre, il est l'heure d'aller faire ta toilette. Tu ne veux quand même pas être en retard au petit-déjeuner ?

Pierre se mit à sangloter, se cacha sous les draps. Man Colette les souleva et le vit se protéger la tête, de peur d'être battu. Elle comprit tout de suite.

– Ce n'est rien Pierre, cela arrive ! N'aie pas peur, ce n'est pas grave du tout, ici il y a plein de petits garçons qui font pipi au lit ! Ne t'inquiète pas.

Man Colette se baissa près de lui et l'embrassa tendrement :

– Lève-toi maintenant ! Va faire ta toilette, on verra ce petit incident plus tard.

Cette tendresse, ce baiser marquèrent Pierre à vie. Man Colette fut le premier grand amour de sa vie.

Sa beauté, ses longs cheveux noirs, son sourire et ses yeux illuminaient de bonheur la vie de Pierre.

Elle allait devenir imperceptiblement l'image de la femme que Pierre cherchera toute sa future vie amoureuse pour – peut-être un jour – qui sait, revoir ce visage que jamais il ne pourra oublier.

Le petit-déjeuner fut une fête pour lui : chocolat chaud, petit pain, confiture, un vrai régal !

Tous les petits copains partirent à l'école qui n'était qu'à quelques mètres de la cantine. Pierre, quant à lui, accompagné de Man Colette, se retrouva dans le bureau du directeur, Monsieur Colin.

– Bonjour Pierre. Je suis Monsieur Colin. Tu peux venir me voir chaque fois que tu as besoin ou envie de me parler, okay garçon ? Ici, tu es dans un centre pour que l'on puisse te soigner d'une petite maladie qui n'est pas trop grave. Il faut que tu sois sage et que tu écoutes bien tes éducateurs et tout ira bien, d'accord ? Pour le petit problème de ce matin, Man Colette m'en a parlé. Ce n'est pas grave. Nous allons tout faire pour que ça ne se reproduise plus. Il va falloir que tu nous aides aussi, d'accord ? Tu sais, toi, pourquoi tu fais ça ?

– Je ne sais pas, Monsieur, je ne le fais pas fait exprès.

– Nous savons bien que tu ne l'as pas fait exprès, mais tu as déjà fait cela chez toi ?

– Oui, Monsieur Colin.

– Mais tu ne sais pas pourquoi c'est comme ça ?

– C'est parce que je n'ai pas le droit de me lever la nuit. J'ai pas le droit de bouger à la maison, sinon je prends une fessée.

– Ici ? Tu n'es pas à la maison. Si tu as envie d'aller aux toilettes, tu peux y aller d'accord ? Même la nuit.

– Oui monsieur.

Pierre comprit que ce problème n'allait plus l'angoisser puisque, visiblement, ces éducateurs semblaient complètement dédramatiser ses oublis.

Au gré des jours qui passaient agréablement, Pierre commença à s'épanouir. Ce n'était plus le petit garçon renfrogné qui n'osait parler à personne. De plus en plus, son tempérament chahuteur faisait surface.

L'école ne semblait pas l'intéresser. Il avait une fâcheuse tendance à la négliger, ce qui n'allait pas tarder à lui créer quelques soucis avec ses professeurs.

Il était clair que l'école et lui n'allaient pas faire bon ménage.

Ses terrains de prédilection étaient plutôt celui du football tout proche, ainsi que la forêt environnante.

Un beau dimanche d'été, alors que le soleil avait décidé d'accentuer les contrastes des ombres qui parsemaient la forêt, les éducateurs décidèrent d'organiser une chasse aux trésors par équipe de quatre ; à sa grande surprise, Pierre fut désigné chef de son groupe. Pour la première fois, il était mis en avant. Il prit ce rôle avec beaucoup de fierté.

Enfin, il était reconnu ! Ce jour était à marquer d'une pierre blanche sur le calendrier encore à colorier de sa vie.

Le Petit Pierre des jours noirs était déjà loin. Doucement, Pierre prit sa place. De jour en jour, la mutation du petit enfant calme au petit garçon turbulent s'affirmait.

Ses problèmes d'incontinence nocturne avaient complètement disparu. Pierre en était très fier.

Il lui arrivait, parfois, le matin au réveil, de regarder son lit avec contentement. Il ne pouvait s'empêcher de penser à ces matins douloureux où, pour cacher ses mésaventures, au risque d'en prendre encore une belle, il faisait son lit à la hâte, pour le retrouver le soir dans le même état.

Combien de fois avait-il subi les angoisses du coucher, sachant les nuits humides et souillées qui l'attendaient.

Depuis son arrivée au Mesnil-Saint-Denis, Pierre n'avait que très peu pensé à sa « famille adoptive », comme il le disait lui-même.

La seule personne qui lui manquait était son père, cet homme que Pierre ne cessera jamais d'admirer.

Il dira plus tard :

– C'est la plus belle personne que j'ai connue de ma vie.

Ce sentiment ne le quittera plus.

Il pensait à lui tous les jours. C'était son seul repère. Il se demandait toujours pourquoi il y avait un tel contraste entre l'amour que lui portait cet homme, si complaisant et si protecteur, et cette femme qui le haïssait, au point de le détruire physiquement et moralement.

Les rares moments qu'il partageait avec son père lui redonnaient un peu d'intégrité, atténuant ses souffrances. C'était lui sa lumière d'alors.

Il y avait bien longtemps que Pierre n'avait pas pris de coups. Il n'y pensait même plus. Il était heureux, même si, parfois, à l'occasion de ses errements d'enfant turbulent, il se faisait réprimander par ses professeurs. Ce n'était certes pas une claque sur les mains ou sur les fesses qui allait l'effrayer, lui qui avait subi des coups que l'on n'oserait pas asséner à ses pires ennemis.

Tout cela n'était en rien comparable aux fessées d'orties, grande spécialité de la confrérie des machiavels de la maison de l'enfer, les coups sur la tête ou sur les côtes, avec le manche de ce qui était autrefois un martinet, dont ils avaient soigneusement arraché les lanières de cuir, en espérant qu'il ne puisse plus être utilisable.

Peut-être, sûrement même, était-ce pour cela que Pierre devint si dur au mal, au point de ne plus craindre les coups.

Toutes les bonnes choses ont une fin. Ce bon vieil adage allait une fois encore se confirmer.

Après une année passée au préventorium du Mesnil-Saint-Denis, le retour à la maison ne fut pas perçu comme une bonne nouvelle pour Pierre.

Son retour au bercail sonnait le glas de ses espoirs de tranquillité et de bien être.

Mais là, Pierre était bien décidé à ne plus subir les harcèlements de sa mère et de ses sœurs adoptives : l'heure de la rébellion se rapprochait à grands pas.

Pourtant, il dut encore et encore subir les velléités violentes de toute cette famille qu'il haïssait de plus en plus, au point même d'emmagasiner de la rancœur.

Jamais il ne put comprendre à quel point on pouvait faire du mal gratuitement.

En ce mois de Mai 68, les événements qui l'accompagnèrent furent salutaires pour Pierre. La fin de l'école approchait, les vacances d'été se profilaient.

Pierre était devenu, en peu de temps, un enfant rebelle. Il n'était pas possible de le garder à Rueil, d'après sa mère. Il fut décidé de l'envoyer chez la grande sœur Jacqueline, que Pierre ne connaissait pas. Destination Persan Beaumont en Seine et Oise.

Chapitre 4

Coincée au fond d'une impasse sans vie, la maison de la Rue Jean Catelat semblait vieillotte et mal entretenue.

Le double portail s'ouvrait sur une immense cour en terre. Les quelques marches qu'il fallait escalader pour accéder au petit perron, afin d'entrer dans la maison, permettaient de dominer toute la cour et le grand garage au fond, ainsi que les poulaillers.

En entrant dans la grande pièce, Pierre remarqua immédiatement le grand poêle à charbon pour faire la cuisine : il était énorme, il devait aussi servir à chauffer la maison.

En haut du petit escalier, il y avait deux chambres ; Pierre fut tout heureux de savoir qu'il en avait une pour lui tout seul ; c'était la première fois.

L'autre chambre était occupée par Bireau, le commis de la maison, un type plein de douceur et de gentillesse ;

il parlait peu de lui, il semblait subir sa vie sans jamais se plaindre.

Il se laissait doucement vivre et ne répondait jamais quand Albert montait le ton.

Albert et Jacqueline avaient leur chambre en bas, près de la grande salle de bains où il y avait une baignoire à l'ancienne, surdimensionnée, qui étonnait Pierre ; il n'en avait jamais vue de pareille.

Il prit le jour de son premier bain, un plaisir non dissimulé ; Jacqueline eut bien du mal à le faire sortir de là, sans trop insister ; elle sentait bien que Pierre était aux anges, elle n'aurait pour rien au monde mis fin à cela, elle qui n'eut malheureusement jamais le bonheur d'avoir un enfant.

Elle reporta très facilement tout l'amour qu'elle avait à offrir sur Pierre, qui lui, en avait bien besoin.

La grande sœur, Jacqueline, était un petit bout de femme ; un sourire permanent lui éclairait le visage. Elle portait d'impressionnantes lunettes, avec des verres d'une épaisseur hors du commun.

C'était une personne d'une gentillesse extrême, à laquelle Pierre n'était guère habitué ; on se fait vite à ces bonnes choses…

Albert, lui, semblait avoir fait faire ses lunettes chez le même opticien que Jacqueline, il était comme sa femme, très gentil, un peu bourru, fermier de son état, il était également ferrailleur et collecteur de déchets cartonnés qu'il livrait régulièrement à la grande usine de reconditionnement, tout près de la maison.

À la plus grande joie de Pierre, les jours de livraison, il fallait charger le petit camion de cartons et livrer à l'usine. C'était pour lui synonyme de promenade dans le camion d'Albert. Pierre adorait rouler en voiture, en camion : tout ce qui roulait, le fascinait.

Un beau matin, lors du petit-déjeuner, Albert demanda à Bireau de réparer la vieille bicyclette qui était derrière l'estafette Renault, au fond du garage, pour que Pierre apprenne à faire du vélo. Celui-ci ne se fit pas prier. Bireau adorait Pierre ; il lui parlait quelquefois des courses cyclistes auxquelles il avait participé, plus jeune. Une fois le vélo réparé, Bireau demanda à Pierre :

– Tu sais en faire ?

– Ben oui, à la maison, j'ai appris avec Pierrot Gaillard notre voisin.

D'ailleurs, à chaque fois qu'il le pouvait, quand tout le monde avait le dos tourné, qu'il n'était pas surveillé, Pierre chapardait le vélo de sa sœur Viviane : il disparaissait des journées entières, tout en sachant ce qui l'attendait au retour, il était fou de vélo.

– Bon alors, si tu sais déjà en faire c'est très bien : fais-moi voir !

Effectivement Pierre était très doué. Bireau le rappela :

– Pierre, viens me voir, attends-moi là, j'ai une surprise pour toi !

Quand Bireau revint, il avait à la main un superbe maillot de coureur cycliste blanc, avec des damiers noirs, comme les vrais coureurs du tour de France.

– Tiens ! Il est un peu grand, mais c'est pour toi, je te l'offre !

Pierre s'empressa d'enfiler le précieux sésame qu'il ne quitta pratiquement plus de toutes les vacances, uniquement quand Jacqueline insistait pour le laver.

Si on l'avait laissé faire, il aurait sûrement dormi avec !

Il était fier de ce présent, chaque fois qu'il croisait un cycliste, il ne pouvait s'empêcher de repenser à ce jour qu'il n'oublierait jamais, qu'il rangerait au panthéon de ses plus beaux souvenirs d'enfant.

Pierre et Bireau partaient chaque fois qu'il était possible de le faire, pour de longues balades à bicyclette. Bireau était toujours très étonné de la résistance que Pierre offrait pour un enfant de dix ans ; il était capable de pédaler des heures entières, sans jamais se fatiguer, ni se plaindre. C'était à croire qu'il voulait aller le plus loin possible, pour s'éloigner de tous.

Ensemble, ils arpentèrent tous les petits chemins du coin ; pendant ce temps Pierre était heureux, il revivait.

Quand il n'était pas sur son vélo, Pierre passait des journées entières dans la grande cour avec les poules et les canards.

La voie de chemin de fer du Paris-L'Isle Adam était toute proche. Le bruit des longs trains de marchandises fascinait Pierre.

En grimpant au-dessus des talus, Pierre pouvait regarder les trains passer, sans compter son temps. Rêvait-il déjà de ses futurs voyages qui, plus tard, le feraient sûrement s'éloigner des machiavels, oublier très vite cette vie qui était un cauchemar au quotidien : être si jeune et déjà dégoûté des grands.

Un beau dimanche d'été, comme la saison en réservait beaucoup à cette époque de l'année, Albert et Jacqueline avaient invité des cousins pour le déjeuner : Marie-Claude, Jean et leur fille Sahara, qui avait le même âge que Pierre.

Pendant tout le repas, Pierre ne put s'empêcher de chahuter avec Sahara. À la fin du repas, ils eurent le droit d'aller jouer dehors, tous les deux.

Sahara demanda à Pierre de lui montrer les poules et les canards ; il ne se fit pas prier. Les deux enfants étaient maintenant dans la grange qui abritait le poulailler : ils se tenaient par la main.

Sahara dit à Pierre :

– Tu as une amoureuse ?

– Non ! répondit Pierre.

– T'en a déjà eu une ?

– Euh… Non, jamais !

– Alors tu veux bien être mon amoureux ?

– Ben… Oui !

Presque aussitôt, Sahara se tourna vers Pierre pour lui donner un bisou d'amoureux.

Pierre se mit à rougir, c'était la première fois que cela lui arrivait.

Sahara, quant à elle, semblait bien plus dégourdie que Pierre. Elle lui dit :

– À toi de m'embrasser maintenant, c'est chacun son tour !

Pierre et Sahara prirent place dans l'estafette garée sous le vieux hangar, pour se mettre à l'abri du regard des grands. Ils passèrent l'après-midi à se raconter ce qu'ils feraient quand ils seraient grands, sans oublier de s'embrasser, comme des enfants de dix ans.

– Moi, dit Sahara, je serai vétérinaire ou hôtesse de l'air. Toi, tu veux faire quoi ?

– Moi, répondit Pierre, je veux être pilote de course de voiture ou motard de la police.

Pierre avait été marqué par un feuilleton télévisé de l'époque : Les Chevaliers de la Route. Et puis, comme tous les garçons de son âge, les voitures de course le faisaient rêver.

Ces jeux, sans conséquence, allaient malgré tout, être pour Pierre sa première rencontre avec les filles et le marquer à jamais.

Quand la magnifique Simca Versailles de Jean et de Marie-Claude s'éloigna, Sahara, collée à la vitre arrière, fit de grands signes d'au revoir à Pierre, qui ne se doutait pas, à cet instant, que, plus jamais, il ne reverrait la belle Sahara.

– Alors Pierre, tu es content de ta journée ? Lui demanda Jacqueline.

– Ah oui ! répondit Pierre.

– Quand est-ce qu'elle revient Sahara ?

– Je ne sais pas, tu sais, ils habitent loin en Suisse !

– C'est où la Suisse ?

– C'est très loin, Pierre, très loin !

Pierre pensa souvent à Sahara. Quand la nostalgie de son enfance resurgissait, Il aurait aimé savoir ce qu'elle était devenue. Même quarante ans après, il se pose encore la question.

Un autre événement allait aussi marquer Pierre. Un beau jour de semaine, Jacqueline décida d'aller aux étangs de Bernes, pas très loin de la maison, pour s'y baigner.

Comme Albert était descendu à Paris pour son travail, Pierre, Jacqueline et Bireau partirent tous les trois à bicyclette.

En arrivant sur la petite plage, Pierre n'en crut pas ses yeux. C'était un endroit magnifique et calme ; l'eau était un peu fraîche, mais Pierre adorait se baigner. Il passa presque toute la journée dans l'eau.

Jacqueline avait préparé des sandwichs au jambon, il y avait de la limonade et des gâteaux ; Pierre était aux anges ; il n'imaginait pas dans ses rêves les plus fous que l'on puisse être aussi bien en famille, même si, malheureusement, ce n'est pas la vôtre.

Pierre, sans rien dire, était étonné du comportement de Jacqueline avec Bireau, ils semblaient très proches, ne se cachaient pas trop, malgré la présence de Pierre.

Jacqueline dit à Pierre :

– Il ne faudra rien dire à la maison, d'accord ? Et puis, tu sais, si tu veux, avec Bireau, nous pourrions te garder.

– À bon ? S'étonna Pierre.

– Oui, on pourrait être ton papa et ta maman !

– C'est vrai ?

– Oui, mais il ne faut rien dire à Albert !

– Pourquoi ?

– Parce qu'il ne veut pas te garder !

– Ah bon ? Il est gentil avec moi pourtant !

– Oui, mais il veut pas d'enfant, alors faut rien dire d'accord ?

– Oui, d'accord !

– Si tu veux, tu peux nous appeler papa et maman, mais pas devant les autres, d'accord ?

Pierre n'avait rien compris, mais il préféra ne pas contrarier Jacqueline, qui avait l'air tellement heureuse de jouer à la maman.

En fin de journée, alors que Pierre jouait encore dans l'eau, il vit au loin la voiture d'Albert se garer.

Il n'avait pas l'air très content. Pierre le vit parler à Jacqueline et repartir visiblement en colère. Pierre ne saura jamais ce qu'ils s'étaient dit, mais il sentit bien que ce n'était pas très normal.

Le soir, pendant le dîner, Pierre ressentit une certaine tension ; Bireau avait la tête plongée dans son assiette et Jacqueline ne disait pas un mot.

Plus tard dans la soirée, bien après la fin du repas, Pierre vit Bireau redescendre de sa chambre avec sa valise.

Albert l'interpella avec véhémence :

– Qu'est-ce que tu fais ?

– Ben… Je pars !

– Ça va pas ! Non, remonte cette valise ! Tu restes ici !

– Il vaut mieux que je parte !

– C'est hors de question ! Et puis où vas-tu aller ?

– Je ne sais pas !

– Bon, alors tu restes ici et on n'en parle plus ! Il ne s'est rien passé d'accord ?

Bireau remonta dans sa chambre. Albert dit à Pierre :

– Aller va te coucher, rien de grave !

Quand Pierre se leva ce matin-là, il vit sa valise près de la porte et comprit que le retour à Rueil était imminent. L'Aronde Simca d'Albert était garée devant la porte. Pierre but son chocolat chaud, les yeux plein de tristesse. Il regarda, Bireau.

– Je veux pas y aller, je veux rester ici, je veux pas y aller !

Bireau n'osa pas regarder Pierre ; il se leva, les larmes au bord des yeux et monta en courant dans sa chambre.

Jacqueline dit à Pierre :

– Il faut que tu rentres à Rueil !

– Mais pourquoi ?

– Pour l'école ! Mais tu reviendras quand tu veux, c'est promis !

– Mais tu m'avais dit un jour que je ne rentrerai jamais à Rueil !

– Pour l'instant, ce n'est pas possible !

– Mais quand alors ?

– Pas maintenant, plus tard !

La mort dans l'âme, Pierre comprit que la fin des vacances était arrivée et qu'Albert devait le ramener au Square du Verger, la dernière destination vers laquelle Pierre souhaitait retourner.

Comme souvent, les retours à la maison étaient pour Pierre un vrai calvaire. Le retour à l'école n'était pas non plus souhaité par Pierre ; de plus, cette année de cours moyen deux, il allait devoir affronter une des figures symboliques de l'école des Bons Raisins : monsieur Goureau, une espèce de petit bonhomme à moustaches, ayant une réputation de « cogneur », qui visiblement se délectait des punitions qu'il préparait minutieusement afin d'humilier et faire mal. Pierre se souvenait très bien du premier jour où il eut affaire à ce personnage.

Premier jour de classe ; Pierre s'était imaginé un nouveau départ, mais, lui aussi, visiblement, était précédé d'une réputation de mauvais élève et, surtout, de chahuteur, ce qui n'était pas complètement faux pour ce qui était du chahut.

Pierre n'était pas un mauvais élève ; il était tout simplement en liberté, loin de chez lui ; cela suffisait à son bonheur.

Il n'arrivait pas à s'intéresser aux cours pourtant Pierre était un excellent élève, même, peut-être, plus proche d'un surdoué que d'un cancre, mais le contexte et les événements en décidèrent autrement.

Il comprenait tout et avant tout le monde ; l'ennui, plus que l'intérêt, avait pris le pas dans son esprit quelque peu rebelle ; alors, le chahut et les glorioles d'écolier étaient sa monnaie d'échange dans cette institution incapable de déceler quoi que ce soit chez cet enfant d'une intelligence insoupçonnée.

Chaque fois qu'il en éprouvait le besoin, il savait déclencher des moments d'étonnement chez ses professeurs, par ses réponses positives, là où on l'attendait le moins ; il avait l'art et la manière d'attirer l'attention par ses prises de position d'une assurance troublante. Il n'avait à l'évidence rien d'un cancre, mais ses résultats scolaires tendaient à prouver le contraire.

Dans une société où seul le résultat compte, Pierre était mis au rancart.

Pour le premier jour de rentrée des classes, Monsieur Goureau, eu égard au passé chahuteur de Pierre et en tenant compte des mauvais résultats de l'année passée, n'hésita pas à marquer d'entrée son autorité ;

– Bon alors, toi, tu vas t'asseoir là-bas, au fond, et je ne veux même pas entendre le son de ta voix, c'est bien compris ?

Accompagné aussi d'une petite tape derrière la tête.

Pierre, étant d'une nature relativement craintive malgré ses airs de rebelle, prit le parti de se tenir bien en classe pour ne pas attirer sur lui les griefs que ne manquerait sûrement pas de lui faire Monsieur Goureau.

Pour ce qui était des devoirs de classe, Pierre avait réussi à monter un stratagème ; en effet, il s'arrangeait pour se faire systématiquement punir et être retenu afin de rentrer le plus tard possible ; de toute façon, une fois à la maison, il était pour lui hors de question de faire des devoirs.

Tout lui était réservé : la vaisselle, les parquets, les poubelles, les courses, rien ne lui était épargné !

En ce qui concernait l'école, Pierre réussit une bonne année scolaire et le passage en 6e fut une formalité, à la surprise générale de toute la famille des « machiavels ».

Décidément, le fossé entre Pierre et cette famille ne cessait de se creuser. Un jour, à la sortie de l'école, où la pluie, plus qu'à son habitude, inondait les trottoirs, Pierre prit son temps pour rentrer à la maison ; ses sœurs avaient beau lui crier de se dépêcher, Pierre en avait décidé tout autrement ; il adorait les pluies fortes, il avait envie de profiter de ces flots d'abondance qui ruisselaient sur son visage émerveillé, pour hurler son bonheur d'être libre auprès de tous ces enfants, qui le regardaient, interloqués.

– C'est qui ce garçon ? demanda une jeune fille en s'adressant aux sœurs de Pierre. C'est votre petit frère ?

– Non ! répondit Viviane la petite Sœur de Pierre. Ce n'est pas notre frère, c'est un bâtard que mes parents gardent !

Pierre apprit quelque temps plus tard ce que ce terme, lourd de conséquence, voulait dire.

Avec le temps, les mots devenaient pour Pierre bien plus durs à supporter que tous les coups que son corps avait fini par assimiler, tant la violence de ces derniers ne cessait de décupler avec les années.

Pierre n'était pas au bout de ses peines ; le pire guettait comme un chacal au coin du bois.

Michelle, une des sœurs de Pierre, revenait de plus en plus régulièrement à la maison accompagnée d'un garçon, Christian, qu'elle allait fréquenter, quelques semaines, guère plus.

Celui-ci était un grand gaillard d'une vingtaine d'années, plutôt agressif et méchant ; Pierre le vit plusieurs fois être brutal envers Michelle, peut-être même la battait-il ?

Toujours est-il que Christian s'installa à la maison avec le consentement de tout le monde.

Rapidement, Pierre devint la bête noire de Christian, sans que personne ne trouve à y redire, Il lui infligeait des punitions sans motif aucun toujours de plus en plus violentes et humiliantes, jusqu'à lui mettre la tête dans les WC souillés ; il tirait la chasse d'eau, en prenant soin de bien le tenir pour qu'il ne s'échappe.

Mais, là encore, le calvaire de Pierre n'avait pas atteint son paroxysme.

La punition préférée de Christian était sans conteste la toilette intime de Pierre ; il prenait bien soin de s'enfermer dans la salle de bains pour se laver « entre hommes » comme il disait ; là, à plusieurs reprises sous la contrainte, Christian obligera Pierre à le caresser jusqu'à l'ultime déchéance humaine ; un jour, il tenta d'abuser de Pierre, qui se mit à hurler, et ne dut son salut qu'à la présence soudaine d'une de ses sœurs qui souhaitait prendre possession de la salle de bains.

Christian menaça Pierre de violences s'il osait parler de ce qui s'était passé.

Quelques jours plus tard, Christian tenta d'entraîner de nouveau Pierre dans la salle de bains, mais Pierre s'approcha de son père et lui tint si fort le bras que Christian préféra ne pas insister.

Tout à coup, dans une extrême colère encore jamais vue tellement cet homme que Pierre admirait tant était calme, son père s'écria en s'adressant à Christian :

– Barre-toi d'ici ! Je veux plus te voir dans ma maison ! Si tu t'approches de mon fils, je te tue !

Pierre ne s'attendait pas à une telle violence de la part de son père. Il vit la colère dans ses yeux, dans lesquels il avait l'habitude de reprendre vie et puiser douceur et tendresse complices.

Il fut impressionné de cette réaction qui lui rendit toute sa fierté.

Il pensa très longtemps, sans en être vraiment sûr que son père avait compris ce qui s'était passé ; ils n'en parlèrent jamais.

Pierre fut tendrement enlacé par les bras de son père, qui l'étreignit avec beaucoup de force qui pourtant le fuyait tant sa maladie le diminuait et le faisait souffrir, quand sa mère entra dans la pièce ;

– Qu'est qui se passe ? Qu'est-ce qu'il a encore fait celui-là ?

– Rien, il n'a rien fait ? Pourquoi veux-tu à tout prix qu'il fasse quelque chose de mal ?

– Ah oui ? Et pourquoi tu te mets à hurler comme ça alors ?

– Écoute Marcelle ! J'ai mes raisons, tu m'emmerdes ! Laisse ce gosse tranquille, va plutôt t'occuper de tes filles !

– Je sais pas ce qui s'est passé Daniel, mais il va prendre une trempe !

– Laisse ce gosse tranquille ! T'as rien vu et je te dis qu'il a rien fait, alors arrête ça, ça commence à bien faire !

Pierre était abasourdi ; sa mère était vraiment incurable ! Elle trouvait toujours à redire sur lui, quoiqu'il dise ou fasse, il avait toujours tort, même sans connaître les faits, c'était ainsi.

Bien évidemment, Pierre se prépara à son châtiment. Il savait que, tôt ou tard, il aurait droit à sa ration journalière de coups.

Pourtant, c'était un sentiment de victoire qui animait son cœur. La moindre prise de partie pour Pierre de la part de son père se transformait en victoire napoléonienne ; plus rien ne pouvait lui faire peur.

Avec le recul, Pierre comprenait, qu'avec ce qu'il venait de subir, plus rien ne serait pareil, même si les choses n'avaient pas été ouvertement expliquées, il ne pourrait plus jamais – au grand jamais – faire confiance à cette horde de femmes machiavéliques. Sans elles, cette situation, il en était toujours intimement persuadé, avait été orchestrée avec la complicité malveillante de certaines personnes.

La violence, les coups, les humiliations n'étaient-ils déjà pas superflus pour Pierre ? Fallait-il encore lui faire subir les affres d'un détraqué, voulant abuser de sa fragilité aux fins de profiter de son intimité ? Il lui était inconcevable de penser que personne n'était au courant de ce qui se tramait.

Ne dit-on pas qu'il faut se méfier d'un animal blessé ?

À dater de ce jour, Pierre ne fit plus rien de normal ; tout chez lui se transforma en combat, au point d'arriver à déstabiliser sa mère qui ne comprenait plus ce qui se passait.

Le jour de gloire se rapprochait inexorablement pour Pierre ; une dernière visite de Madame Viala fit prendre conscience à Pierre qu'il allait définitivement quitter la maison pour le pensionnat qu'on lui promettait tant ; il attendait ce départ maintenant avec impatience.

L'été avait définitivement posé ses couleurs sur le Square du Verger ; les parties de football improvisées un peu partout sur les pelouses, le parking, étaient très disputées. Pierre avait le droit de jouer au football de temps en temps, surtout quand sa mère n'était pas là.

Pierre, lui, était cantonné au rôle de gardien de but tellement il était maladroit avec le ballon, puis un mercredi matin, accompagné de cette mère qu'il ne regardait même plus, Pierre partit visiter un centre près de Vauréal, susceptible de l'accueillir.

Chapitre 5

Comme un symbole, une énorme grille en fer forgé s'ouvrit difficilement devant Pierre ; l'entrée du Clos de Vauréal donne sur un magnifique château du XVIIe siècle, dominant un parc forestier de 65 hectares, jouxtant l'Oise qui se promenait au gré de ses méandres, avant d'aller se jeter quelques kilomètres plus loin dans la Seine.

Un peu plus loin, sur la gauche, Pierre aperçut la cour de récréation de l'école désertée de cris d'enfants, en cette fin juin.

Pour la visite du centre, Pierre fut accueilli par Alain et Anne-Marie, un couple de surveillants responsables du Chalet le Pavillon, de Pierre.

Alain était un homme un peu gauchot sur les bords, très gentil au demeurant, le sourire accroché en permanence sur un visage très ouvert.

Anne-Marie était une très jolie jeune femme brune, avec un visage de poupée qui lui rappelait un peu la douceur de Man Colette.

À eux trois ils allèrent visiter le clos, pendant que la mère de Pierre était reçue par la direction du centre.

En remontant du château vers les pavillons des garçons, Pierre put admirer le grand canal, sur lequel quelques enfants jouaient juchés sur un radeau de fortune. Sur la gauche, les grandes serres de l'école d'horticulture, interne au centre, dominaient la magnifique allée des Poiriers ; le canal, quant à lui s'étirait dans une impressionnante rectiligne qui allait jusqu'au pont du chalet.

Cette superbe demeure qui allait être, pour Pierre, le théâtre des premières heures de vie dans la communauté, dominait de sa hauteur tout le parc, avec sur sa gauche un grand corps de ferme qui abritait le personnel d'intendance du centre.

Pour rejoindre le pont, il y avait une grande étendue d'herbe qui deviendrait le terrain de jeux favori de Pierre et de bien d'autres petits camarades, qu'il ne manquerait pas de connaître très bientôt.

Un peu plus loin, toujours sur ce long chemin qui traversait le clos, bien après les fermes, en haut d'une petite montée, deux pavillons à l'architecture moderne cubique surnommée P1 et P2 abritaient les enfants de 9 à 12 ans ; dans une autre aile du Château étaient regroupées les filles de 9 ans à 15 ans.

Du haut du P1, Pierre aperçut immédiatement le grand terrain de football et ne put s'empêcher de demander à Alain :

– Y a une équipe de foot ?

– Oui, oui, chaque pavillon a son équipe !

– C'est super ! Je pourrais jouer dedans ? Interroge Pierre.

– Oui bien sûr, si tu t'entraînes !

Une lueur de bonheur illumina le visage de Pierre, il sentit qu'il allait se plaire ici, du moins, il l'espérait ardemment.

Derrière le P1 et le P2, il y avait le pavillon des grands. « Les Blanches », une magnifique bâtisse qui dominait toute la baie de l'Oise, s'étendant jusqu'aux étangs de Neuville près d'Eragny ; l'endroit était paradisiaque.

Pour retourner au château, Alain décida de passer par le chemin de halage qui borde l'Oise, pour arriver au lieu-dit de la Pointe.

Pierre replongea dans ses rêves les plus beaux ; il fut impressionné par la splendeur des lieux.

De la Pointe, pour retourner au château, il fallut repasser par l'allée des platanes : tout ceci était d'une beauté aux yeux de Pierre.

Il y avait également un terrain de basket, qui lui fit penser que décidément, ici le sport était très présent, ce qui n'était pas pour lui déplaire.

De retour à l'accueil du château, Pierre fut interpellé par des garçons qui lui demandèrent s'il allait venir au clos ; il n'eut pas le temps de répondre, sa mère qui suivait la scène de loin, répondit à sa place :

– Oui, oui, il va venir dès ce week-end !

Intérieurement, Pierre fut heureux d'entendre cela, mais il ne le montra pas, c'était la première fois qu'il entendait sa mère dire enfin quelque chose qui lui convenait.

Le trajet en train, de Pontoise à Saint-Lazare, qui ramena Pierre à Rueil, fut un bonheur total. Il aurait préféré rester au Clos. Dans trois jours il y serait.

Alors qu'il était plongé dans ses rêves les plus éloignés, sa mère lui dit :

– Bon, samedi, je te ramène au Clos, tu vas y rester jusqu'à ta majorité ! Ça t'apprendra, tu vas voir ce que c'est qu'une maison de redressement : là-bas, ils vont te mettre au pas !

Elle croyait sûrement, dans son for intérieur, que ce départ en forme de punition allait atteindre Pierre, mais elle ne pouvait imaginer, à ce moment précis, la joie qu'elle lui faisait. Pour lui, cela ne pouvait pas être pire qu'à la maison.

Le soir, lors du dîner, toute la famille était à l'écoute.

– Alors, comment ça s'est passé ? demanda Viviane.

– C'est grand, il y a plein d'autres garçons ! répondit Pierre.

– T'es content de partir ? Lui demanda Michèle.

– Oui, mais je ne vous verrai plus.

Pour la première fois de sa vie, Pierre prit le parti de donner les réponses que cette famille, qu'il allait quitter dans trois jours, voulait entendre.

Il se dit que peut-être ainsi, elle le laisserait tranquille jusqu'au départ, mais visiblement le ton monta légèrement et laissa entrevoir à Pierre une fin moins drôle pour lui.

En effet, Viviane, toujours à l'affût pour le blesser, lui dit :

– Nous, on s'en fout de plus te voir ! Bon débarras, on sera tranquille !

Pierre ne répondit pas, il savait que s'il répondait, il risquait le pire.

Il entendit sa mère dire :

– Il part samedi. On ne sait pas quand il reviendra, en tout cas pas avant ses 18 ans.

Pierre se dit que c'était une bonne perspective. Enfin, là-bas, il ne verrait plus cette famille de fous furieux qui ne pensait qu'à le salir ou à le bafouer pour un oui ou un non.

La petite chambre, à droite en haut de l'escalier, que Pierre partageait avec son père depuis quelque temps était réservée aux hommes de la famille, les trois autres pour les femmes.

Le dernier soir, avant son départ, au moment du coucher, Pierre regarda son père, qui pour une fois ne prit pas son livre de chevet et lui dit :

– Dis-moi papa, pourquoi elles sont méchantes avec moi ?

– Je ne sais pas, mais ne leur réponds pas ça ne sert à rien !

– Je ne leur parle pas, elles me tapent dessus pour rien !

– Je sais, mais tu vas partir là-bas, tu seras bien !

– Maman m'a dit que c'était une maison de redressement.

– Non, ce n'est pas ça du tout ! C'est un institut médical pédagogique.

– J'suis pas malade ?

– Non, c'est vrai.

– Et pédagogique ça veut dire quoi ?

– La pédagogie, c'est une façon d'apprendre en douceur la vie.

– Alors, ils ne vont pas me taper dessus ?

– Non, au contraire ! Ils vont s'occuper de toi, tu seras scolarisé.

– Je pourrai jouer au foot ?

– Oui, bien sûr, tout ce que tu voudras !

Le père de Pierre le prit dans ses bras, le serra de toutes ses forces et lui dit :

– Moi, je t'aime, je ne peux pas faire grand-chose pour toi, il faudra être fort mon grand, j'ai confiance ! Tu dois être un homme, ne pas te laisser faire. Je sais que tu vas réussir et devenir heureux. Je t'aime. Tu es mon fils, tu as du caractère et ça marchera. Personne n'a le droit de te faire du mal, je veux que tu sois encore plus fort, que tu reviennes vite de là-bas. Moi, je t'attendrai.

Pour la deuxième fois de sa vie, Pierre aperçut quelques larmes que son père tenta de dissimuler tant bien que mal ; l'émotion le submergea, mais il savait qu'enfin, son petit Pierre allait pouvoir devenir quelqu'un.

Il savait que la sensibilité de son père était à fleur de peau. Il avait pu s'en apercevoir à plusieurs reprises ; il était gentil, avec son sourire si discret qui valait tout le bonheur du monde.

Le grand jour tant attendu par Pierre était arrivé. Pour tous ses petits copains de la cité du verger venus lui dire au revoir, il partait en pension.

À n'en pas douter, la vie qui l'attendait là-bas dans ces grands espaces, aurait une autre saveur. Pierre était impatient d'y être.

Le vieil autocar, qui amena Pierre de la gare de Pontoise à Vauréal, s'immobilisa devant la grande grille de l'entrée du Clos. Pierre se sentit pousser des ailes, sans le montrer à sa mère qu'il redoutait encore quelque peu. Il était fou de joie, mais préférait garder tout ce bonheur naissant en son for intérieur.

La conversation entre le directeur du Clos et sa mère lui sembla interminable ; il avait hâte que sa mère parte, qu'on le conduise dans son pavillon, quand, enfin, Alain – le responsable du chalet – arriva. Pierre sentit le moment venu : pour la première fois de sa vie, il n'hésita pas un seul instant à embrasser sa mère et à lui dire au revoir. Il ne se retourna pas ; il voulait s'éloigner au plus vite de cette femme qui l'avait tant fait souffrir, sans jamais lui dire pourquoi.

En montant dans la 4L d'Alain, Pierre était déjà transformé, il avait envie de tout. Alain lui dit :

– Alors Pierre, tu es content d'être parmi nous ?

– Oh oui, M'sieur !

– Non, pas Monsieur ! Alain, tu m'appelles Alain, d'accord ?

– Oui M'sieur, heu Alain !

– Voilà, comme ça, c'est bien, tu as mangé ?

– Heu non, M'sieur, heu Alain !

– Ça va venir ! Ne t'inquiète pas !

En arrivant devant le chalet, Pierre entendit des cris d'enfants.

– V'là le nouveau, v'là le nouveau !

À peine le temps de prendre sa valise tout élimée, un vieux sac de voyage rongé par le temps, que les questions fusèrent :

– Comment tu t'appelles ?

– Pierre.

– Pierre comment ?

– Pierre Hocquemiller.

– Pierre quoi ? C'est pas français ça !

– Hoc que mi ller, ce n'est pas dur pourtant !

Alain intervint :

– Allez, laissez-le arriver, vous poserez vos questions plus tard ! Viens Pierre, je vais te montrer ta chambre. Où tu veux aller ? Celle-ci à gauche de l'escalier, ou l'autre au fond ?

Un garçon au fond du couloir fit signe à Pierre de la main :

– Viens, viens dans la nôtre ! Tu seras à côté de moi !

Ce garçon s'appelait Jean-Pierre Samez. Pierre n'hésita pas et s'avança vers la chambre du fond. Il y avait juste un lit de libre, entre Jean-Pierre et François Perrot.

C'était la première fois que Pierre avait une table de chevet, une armoire pour ranger ses affaires.

À peine eut-il posé sa valise sur le lit, que la chambre fut envahie par tous les garçons qui habitaient le chalet. Dans sa chambre, ils étaient neuf dans l'autre sept.

Mais à cet instant, ils étaient tous là à regarder Pierre ; les questions fusèrent de nouveau :

– T'habites où ? lui demanda Didier.

– À Rueil Malmaison.

– C'est où çà ?

– À côté de Nanterre et de Suresnes.

– T'as quel âge ?

– 11 ans.

Ce fut comme ça toute la soirée, même pendant le repas, Pierre dut se soumettre avec un malin plaisir au jeu des questions-réponses.

Il n'était pas très fier d'être au centre de la discussion ; cependant son premier contact avec la communauté semblait se présenter sous de bons hospices.

Lors du repas, Pierre apprit qu'ici, il y avait un système de corvées et que tout le monde participait aux tâches ménagères, à la vaisselle et autres tâches, pour le bien-être de tout le monde.

Loin de l'effrayer, il acquiesça avec bonheur. Il faut dire que la formation ménagère qu'il avait acquise depuis de longues années, dans la maison des machiavels, était parfaitement au point : la vaisselle, le balayage, la serpillière, ou même, faire son lit n'avait plus de secret pour lui, mais là, le plaisir n'était pas le même, car tout le monde était logé à la même enseigne, donc juste à ses yeux.

Pierre trouva très vite sa place et se sentit rapidement comme chez lui, mais en bien mieux.

La période de son arrivée au Clos coïncidait avec les grandes vacances, que certains allaient passer en famille et que d'autres, comme Pierre, passeraient au Clos.

Il allait avoir tout loisir de découvrir la vie en communauté, avec ses bons et ses mauvais côtés, mais qu'importe, la vie était ainsi faite d'étapes, de passages obligés, que le destin ne manquait jamais de mettre sur sa route.

Pierre commençait à se forger une carapace sur laquelle la souffrance perdait peu à peu du terrain.

Chapitre 6

L'été s'était installé sur le Clos : le soleil ne faisait qu'augmenter le sentiment de bonheur qui se reflétait dans les yeux de Pierre.

Il savait que, pour lui, les vacances d'été qu'il redoutait tant par le passé allaient se transformer en période de bonheur passé loin des machiavels.

Certains de ses petits copains prenaient cela comme une punition ; Pierre, quant à lui, se sentait privilégié : il ne cachait pas son bonheur de rester, au point d'en étonner ses moniteurs.

En ces premiers jours de juillet, le Clos se vida comme un œuf ; les départs en vacances se succédèrent, malgré les larmes et les séparations amicales.

Il resta, sur les 120 filles et garçons qui vivaient au Clos toute l'année, une vingtaine de filles et une vingtaine de garçons.

Les activités préparées par les moniteurs étaient multiples : cela allait des ateliers poterie, émaux, photos, de la piscine et du sport bien sûr.

Il y avait aussi les boums du dimanche après-midi, qui se déroulaient soit au château, soit au P2 chez les garçons ; en effet, pendant les vacances, tous les garçons étaient regroupés dans un même pavillon sans distinction d'âge. Ce fut la période des premiers émois pour Pierre qui regardait ses petits copains danser. Il n'osait pas encore inviter les filles qu'il ne connaissait pas ; il était nouveau ; sa grande timidité le freinait pour aller de l'avant.

Il s'interdisait de tenter quoi que ce soit. Il en mourait pourtant d'envie ; il rêvait de tenir dans ses bras une de ces filles, car, pour lui elles étaient toutes belles ; la première qui l'inviterait, serait sa préférée.

Il avait le cœur léger, lorsque Sylvie, une petite brune aux cheveux courts vint l'inviter à danser.

Ce fut un moment merveilleux que Pierre ne pourra jamais oublier.

Il tint dans ses bras, pour la première fois, une jolie fille. Rien ne pouvait lui apporter plus de bonheur.

Ce que Pierre préférait malgré tout, c'étaient les activités nocturnes ; un soir ou deux par semaine, était organisée pour les filles et les garçons une chasse au trésor qui se terminait toujours autour d'un grand feu de camp.

À la tombée de la nuit, les premières flammes du grand feu de camp préparé par les garçons, étaient accompagnées du son de la guitare d'Odile, la monitrice, au rythme des chansons d'Hugues Aufray et de Gream Allwright.

Ce que Pierre ne savait pas, c'était que pour les enfants qui restaient pendant les deux mois au Clos, il était prévu un départ en colonie de vacances.

Cette année ce sera Morlaix en Bretagne.

Le matin du départ, le grand autocar tout moderne attendait devant la grille. Pierre fut le premier prêt à monter, car il voulait être devant, pour voir la route et la regarder défiler sous ses yeux émerveillés.

Le voyage fut interminable ; malgré cela, Pierre y prenait un plaisir fou, la route le fascinait, il ne perdait pas un geste du chauffeur, monsieur Maurice, qui avait perçu la passion de Pierre pour la route ; il ne manqua pas de lui expliquer les vitesses, l'embrayage, les freins et l'accélérateur, le compteur, les rétroviseurs enfin ; tout y passa à sa plus grande joie.

Tard dans la soirée, l'autocar entra dans la cour du centre de vacances de Morlaix ; les enfants se précipitèrent dehors pour récupérer leur valise et prendre possession des chambres.

Dans le grand hall, Alain et Anne Marie Goeffic rameutèrent tout le monde :

– Les garçons du deuxième étage, avec moi, les filles, vous suivez Anne Marie au premier étage. Installez-vous et dans un quart d'heure, tout le monde au réfectoire !

Pendant le repas, Alain énuméra les différentes activités envisagées :

– Alors, pour ceux qui veulent s'inscrire en dehors de la plage où nous irons tous les après-midi.

Le matin sera réservé aux différents ateliers. Visite de la ville, poterie, peinture, cheval, vélo, sport, et beaucoup d'autres activités et jeux que vous allez découvrir pendant toutes vos vacances.

Le premier matin, Pierre était debout très tôt avec Pascal Boury et André Bell ses nouveaux copains ; ils décidèrent d'aller visiter le centre avant tout le monde.

Et là, quelle ne fut pas leur surprise ! Il y avait sur le côté de la cour, des écuries avec des chevaux, puis un peu plus loin, un grand terrain de foot, enfin tout ce qu'il fallait pour être heureux.

Les jours qui suivirent ne furent que du bonheur ; Pierre était un assidu de l'atelier « cheval », il s'était accaparé d'une magnifique jument brune, Titania, ne voulant monter que sur elle.

Les journées défilaient à une vitesse folle. Tous les après-midi, un autocar venait chercher toute la colonie pour aller sur la plage de Carantec.

Chacun avait pris ses habitudes. Pierre adorait chahuter dans l'eau, les parties de foot sur la plage étaient très disputées et les retours à la colonie se déroulaient dans une bonne ambiance. Il faut dire que le centre qui accueillait les enfants était situé dans un parc, au calme, sur les hauteurs de Morlaix.

Un soir, en fin d'après-midi, alors que tout le monde jouait dehors, Christiane, une jolie petite blonde s'approcha de Pierre, discrètement, pour lui glisser à l'oreille :

– Pierre, tu peux venir avec moi derrière le bâtiment, y a ma copine Sylvie qui veut te parler, mais elle n'ose pas, elle est timide.

Pierre s'exécuta et suivit ses petits copains.

Quand il arriva devant Sylvie, il reconnut aussitôt celle qui l'avait invité à danser quelques jours auparavant.

Pierre se mit à rougir et même si sa curiosité était éveillée, il n'en était pas moins d'une timidité sans limite.

Sylvie prit les devants et dit à Pierre :

– Tu veux bien être mon amoureux ?

Pierre connaissait à peine la signification de ce mot, mais il accepta sans hésiter.

Quand Sylvie s'approcha de Pierre pour l'embrasser, il se mit à rougir et se laissa maladroitement faire.

Il était très fier de lui. Il se retourna pour voir si personne ne pouvait les surprendre. Quelle ne fut pas sa surprise de voir tous ses petits copains cachés derrière le mur se mettre à crier :

– Oh les amoureux ! Ils se sont embrassés !

Mais Pierre ne fut pas déconcerté ; bien au contraire, il lança à la cantonade :

– Vous êtes jaloux !

Pour la première fois depuis la cousine Sahara, Pierre avait une petite copine. Le fait de savoir que tous ses petits copains étaient au courant ne le dérangeait pas plus que ça. Pierre trouva ça plutôt flatteur. Les vacances étaient merveilleuses et Pierre commençait à vraiment prendre ses marques.

Un jour, en fin d'après-midi, alors qu'il rentrait de la plage, Claude, le moniteur du centre appela Pierre, à la descente du car :

– Pierre, tu as la visite de ta famille.

– Qui ça ? Moi ? Ah bon ?

– Oui, je crois que c'est ton grand frère.

Effectivement, Pierre reconnut Daniel, le fils de la famille, qui l'attendait près d'une magnifique 304 Bleu ciel, accompagné d'une charmante dame.

Malgré son réel étonnement, Pierre courut vers Daniel avec empressement pour l'embrasser.

– Tu vas bien ?

– Oui, c'est super ici !

– Je te présente ma femme : Colette.

– Bonjour M'dame !

– Bonjour Pierre, tu es content de nous voir ?

– Oui, oui !

Ils allèrent tous les trois s'asseoir sur un banc.

– Alors ? Lui dit Daniel. Raconte-nous ce que tu fais.

– Eh ben, du cheval, du vélo, du foot et on va à la mcr.

– Tiens, regarde ce que je t'ai apporté ! Lui dit Colette.

– Merci M'dame !

– Non, appelle-moi Colette, c'est mieux que madame.

– D'accord Colette !

– Tu ne regardes pas ce que je t'ai apporté ?

– Si bien sûr, je suis content que vous ayez pensé à moi !

Des paquets de bonbons, des gâteaux, un livre de Pif le chien. Du plus profond de sa mémoire, c'était la première fois que Pierre était gâté comme cela.

Daniel reprit :

– Tu es bien ici ? Tu t'es fait des petits copains ?

– Oui plein, j'ai même une petite copine !

– Ah bon, elle s'appelle comment ?

– Sylvie !

– Une copine ou une amoureuse ? Plaisanta Colette.

– Une amoureuse ! Rétorqua Pierre très fier. La belle voiture, c'est à toi ?

– Oui, bien sûr !

– Elle est belle !

Après un bon moment passé ensemble, il était temps pour Daniel et Colette de partir et de poursuivre leurs vacances.

Quand leur voiture disparut au loin, Pierre ne put s'empêcher de verser quelques larmes de bonheur, en leur faisant signe de la main. Cette visite, pour le moins surprenante, remplissait le cœur de Pierre d'allégresse. Il se dit, à ce moment précis, que quelqu'un l'aimait dans cette famille.

La fin des vacances était proche. Le retour au Clos se rapprochait de plus en plus chaque jour. Il reprenait l'école avec une hâte relative !

Chapitre 7

Quelques jours avant la rentrée des classes, le Clos commençait à reprendre des couleurs, avec le retour des petits copains partis dans leurs familles respectives.

Le chalet se repeuplait petit à petit, les anciens reprenaient leurs places.

Pierre ne voyait pas tout cela d'un bon œil ; il avait déjà remarqué, avant les vacances, que quelques garçons semblaient faire la loi : ils ne manqueraient sûrement pas de lui causer des soucis.

Effectivement, très rapidement, ses craintes s'avérèrent fondées.

Plusieurs énergumènes faisaient régner la terreur à l'intérieur du chalet, à l'insu des moniteurs, bien sûr, sous réserve de représailles en cas de plainte.

Didier Postec, Michel Gesmoins, Serge Thomas et surtout François Tanguy, allaient rapidement être les tortionnaires de Pierre.

Le nombre faisant la force, difficile pour lui de se rebeller, le mieux était de les éviter au maximum et surtout de leur donner le change, à chaque fois qu'ils le sollicitaient.

Pierre ne s'était certainement pas imaginé que la vie en collectivité, même avec des garçons de son âge, allait lui causer autant de problèmes ; mais qu'importe, si c'était encore une étape obligée sur son chemin, il s'en accommoderait.

Quand l'école reprit, Pierre se retrouva dans la classe de madame Bourdon, une maîtresse adorable que Pierre arrivait à faire rire régulièrement.

Les classes étaient mixtes et le mélange des âges quelque peu surprenant. Pendant les récréations, la cour devenait rapidement le plus grand terrain de football du monde ; Pierre était comme au Square du Verger, cantonné au rôle de gardien de but, sans broncher, il s'exécutait à ce poste qu'il n'allait plus jamais quitter par la suite, tant il semblait devoir apprécier les grosses responsabilités.

Les filles n'étaient pas en reste : il y en avait deux ou trois qui se mélangeaient volontiers aux garçons pour jouer avec une certaine réussite.

Le premier jour de sport à l'école, Pierre allait rencontrer l'homme qui allait transformer sa vie et son avenir.

Quand toute la classe arriva devant le prof de sport, Mongie Soussi, le silence se fit immédiatement.

Le charisme de cet homme était impressionnant, tant par sa stature d'ancien international d'athlétisme, que par son profond regard noir qui imposait le respect.

Ses premières paroles résonnèrent dans la tête de Pierre :

– Ceux qui veulent vraiment faire du sport viennent avec moi ! Par contre, ceux qui ne veulent pas, restent ici sur le terrain, ils attendent ?

Pierre était abasourdi ; il observait discrètement la réaction des autres élèves ; malhcurcuscmcnt ccux qui semblaient être intéressés par la proposition de Mongie pour rester à ne rien faire, ne faisaient pas partie des perturbateurs. Pierre se précipita vers ceux qui souhaitaient suivre Mongie, même si certains de ses « bourreaux » en faisaient partie.

Mongie regarda tous les élèves et interrogea :

– Qui veut participer samedi au cross de Saint Martin ?

Quelques mains se levèrent ; bizarrement plus de filles que de garçons, dont Pierre faisait partie évidemment.

– D'accord ! Donc, les huit qui vont courir ce week-end, vous pouvez commencer à vous échauffer doucement autour du stade.

À la fin du cours, Mongie rappela à ceux qui allaient à Saint Martin samedi, qu'il fallait être dans la cour du château à 9 heures pour le départ.

Le vendredi soir, après l'école, Pierre demande à Xavier Renard, le moniteur du chalet, s'il pouvait aller courir dans le parc pour s'entraîner ; Xavier lui conseilla de se reposer, mais Pierre insista.

– Vas-y ! Si demain tu es fatigué, ça sera tant pis pour toi !

La moquerie de certains de ses petits camarades ne déstabilisa nullement Pierre, qui ne répondit pas et s'éloigna du chalet sans se retourner, tant il se savait observer.

Dans le parc du Clos de 65 hectares, il y avait un parcours qui suivait quasiment le tour d'enceinte du parc : il fallait bien 10 ou 15 minutes pour en faire le tour. Ce jour-là, seul Pierre le fit deux fois, avant d'aller prendre sa douche.

Le lendemain matin, il était le premier à se présenter devant le car ; Mongie arriva et s'approcha de Pierre pour lui tendre la main.

– Ça va Pierre, tu es en forme ?

– Oui m'sieur ! J'ai été m'entraîner tout seul hier soir pendant presque une heure !

– C'est beaucoup la veille d'une course, mais c'est bien !

– C'est vrai M'sieur, que vous êtes champion de France ?

– Oui, c'est vrai, mais il y a longtemps. Je courais sur les haies.

– Moi, j'aimerais bien faire de la course à pied comme vous !

– C'est bien ! On en reparlera après le cross, okay ?

– Oui M'sieur !

Le grand moment était enfin arrivé ; Pierre avait rendez-vous avec son destin.

Il fut impressionné par le gabarit des grands qui allaient prendre le départ dans sa catégorie, mais sa joie de courir était tellement grande, que ce détail lui importait peu lui.

Il y avait un tour du parc de Saint Martin à effectuer pour les minimes.

C'était le départ et Pierre arriva sans problème à suivre les premiers qui disparaissaient dans la forêt.

Après 15 bonnes minutes de course, Mongie attendait à la sortie de la forêt tout près de l'arrivée. Quelle ne fut pas sa surprise de voir apparaître Pierre en première position, suivi par un gaillard qui le dépassait d'au moins une tête !

Mongie se mit à crier :

– Bravo Pierre ! Allez, vas-y ! Tu vas y arriver !

Pierre finit deuxième. Mongie accourut pour prendre Pierre dans ses bras.

– Bravo ! Félicitations ! Tu as fait une belle course !

Là-haut, sur le podium, Pierre était fier de recevoir sa première médaille, qui ne devait pas être la dernière. Il voyait en bas ses petits copains, ceux qui lui tapent dessus régulièrement.

En les voyant en bas et lui en haut, Pierre eut un déclic qui allait complètement bouleverser sa vie. Il se dit :

– Au chalet, c'est eux les plus forts quand ils me tapent dessus, mais là, sur le terrain de sport, je suis plus fort qu'eux, alors plus que du sport !

Au cours de gym suivant, quand la classe de Pierre arriva, Mongie lui dit :

– Toi, tu vas courir ! Échauffe-toi doucement et fais trois tours du Clos sur le grand parcours, puis tu viens me voir à la fin du cours, okay ?

Pierre s'exécuta avec fierté, car il comprit que le message de Mongie n'était pas une punition. Bien au contraire, son professeur avait décidé de lui faire confiance devant toute sa classe.

À la fin du cours, Pierre, encore tout essoufflé, s'approcha de Mongie :

– Ça y est, j'ai fait trois tours !

– Bien Pierre ! Bon, je voulais te voir pour te dire que si tu le souhaitais, on pouvait aller t'inscrire à l'extérieur dans un club, pour que tu puisses courir le week-end.

– Ah oui, ce serait super !

– Il va falloir que tu t'entraînes sérieusement et courir de plus en plus, si tu es d'accord.

– Oh oui, Mongie, je suis d'accord ! À partir de maintenant, je vais m'entraîner, mais vous savez, moi, j'ai toujours aimé courir alors ça ne me gêne pas !

À partir de ce jour, Pierre trouva toutes les excuses possibles et imaginables pour aller courir, surtout que Mongie venait de lui offrir une vielle paire de pointes de cross que Pierre n'allait plus quitter ; imaginez sa fierté !

Tous les matins, Pierre se levait avant tout le monde pour aller faire un ou deux tours du Clos selon son humeur, sous les moqueries de ses petits camarades.

Pour Pierre, les cours de gym se résumaient à aller courir tout seul pendant que les autres jouaient au foot ou au basket.

Les heures de classe étaient pour lui de longs moments d'impatience, à attendre enfin la sortie pour aller courir ; il ne pensait plus qu'à cela, il revivait.

Auprès de ses professeurs, Pierre passait pour un enfant très gentil, attachant même, mais très tumultueux.

Un après-midi, au moment de partager le goûter, il se passa un événement que bien des professeurs et des élèves du Clos essaient sûrement encore aujourd'hui d'interpréter.

Madame Bouredon était en train de distribuer, en parts égales, à tous les élèves de la classe, leur barre de chocolat ainsi que leur petit pain ; elle s'approcha de Pierre qui, comme régulièrement était puni au fond de la classe et lui dit :

– Toi, je garde ta part pour quand tu ne seras plus puni ! Tu l'auras tout à l'heure !

Un bon quart d'heure passa quand Michel Réguron, un élève de la classe, fit irruption. Il s'approcha de la maîtresse et lui dit :

– Je peux avoir mon goûter M'dame ?

Madame Bouredon, très embarrassée, lui dit :

– Mais tu étais où toi ?

Michel répond :

– Mais, j'avais la visite chez l'orthophoniste, mademoiselle Mulot !

– Et bien il n'y a plus rien, je suis désolée !

Michel baissa la tête, un peu triste et regagna sa place, quand il entendit Pierre dire :

– Donnez lui le mien m'dame !

– Comment ? dit la maîtresse.

– Oui, je lui donne le mien, c'est pas grave !

Un grand sourire éclaire le visage de madame Bouredon.

– C'est très gentil à toi Pierre. Pour la peine, je lève ta punition et toi, Michel, tu peux dire merci à ton camarade.

Pierre qui n'en était plus à une pitrerie près, sentit qu'il venait de marquer des points au chapitre de la camaraderie. L'étonnement de toute la classe fit tant de bien à son ego qu'il se lança dans ce qui allait devenir pour lui une preuve de son humour naissant :

– Maîtresse, commc vous avcz levé ma punition, est-ce que je peux avoir mon goûter maintenant ?

Madame Bourdon n'en crut pas ses oreilles et bafouilla dans un silence religieux :

– Mais, mais !

Avant de partir dans un rire, dont Pierre se souviendra longtemps, sans faire plus de commentaire.

L'anecdote fit le tour de tous les professeurs et des éducateurs du Clos.

Chapitre 8

Chaque dimanche de fin de mois, tous les parents rendaient visite à leurs enfants. Pierre attendit des dimanches entiers, derrière la grosse grille d'entrée du chalet, sans jamais voir quelqu'un pour lui.

Durant les quatre années que Pierre passa au Clos, il n'eut droit qu'à une seule visite de sa famille, lors de la fête de fin d'année 1970, où tous les parents étaient conviés pour un grand spectacle donné par les élèves du Clos, comme le voulait la tradition.

Il y avait, ce jour-là, la mère de Pierre, sa sœur Joëlle avec Pierrot son époux et deux de ses petites sœurs.

Pierre fut déçu de ne pas voir son père, qui ne pouvait malheureusement plus se déplacer, vu son état de santé précaire.

Les moniteurs du chalet avaient monté à la hâte une chorale, dont Pierre faisait partie.

Dominique et Odile (les moniteurs du chalet) à la guitare, accompagnaient la chorale pour un mémorable « Michael est de retour ».

De cette visite, Pierre ne conserva qu'un vague souvenir, tellement elle fut brève.

Pierre prenait chaque jour de plus en plus d'assurance et commençait vraiment à ne plus avoir peur des quelques énergumènes qui lui menaient la vie dure.

Il y en avait pourtant un qui insistait, pas assez courageux pour s'en prendre à Pierre directement. François Tanguy était le spécialiste de la délation, il avait trouvé un moyen pour que les Didier Postec, Serge Thomas et compagnie, puissent faire la sale besogne à sa place, en échange d'argent qu'il se vantait de voler à ses parents, les week-ends de visite chez ces derniers.

Un soir, même, il réussit à retourner presque tout le chalet contre Pierre, qui passa une nuit blanche, tant il fut assommé de coups dès que les lumières du dortoir furent éteintes.

Ce régime de faveur dura deux longues nuits, que Pierre n'oubliera pas de si tôt au point de vouloir se venger un jour, coûte que coûte.

Pierre eut très tôt l'esprit revanchard. La vengeance est un plat qui se mange froid ! Alors quand l'un de ses bourreaux le harcelait, il se faisait petit se disait-il, il le retrouverait un jour.

La fin de l'année approchait. Les départs définitifs de certains anciens se faisaient, tandis que Pierre jubilait : il allait changer de pavillon après les vacances.

Il y eut pourtant un dernier événement qui allait marquer Pierre.

Une fin d'après-midi, le match de foot improvisé par les moniteurs du P1 et du P2, dont Pierre faisait maintenant partie, dégénéra par la faute d'Yvan, un nouveau, dont tout le monde avait peur, tellement il était bagarreur ; il s'était acharné avec violence sur Denis Mondet, un élève d'une gentillesse extrême et surtout sans défense.

Pierre tenta de s'interposer pour défendre Denis ; Yvan le menaça. Mais, pour la première fois depuis longtemps, Pierre fit face et menaça Yvan à son tour, avant que les moniteurs n'interviennent.

À la fin du match, Yvan s'approcha de Pierre et lui dit :

– T'inquiète pas, toi, je vais te casser la gueule !

Pierre fit face à nouveau et dit à Yvan :

– Quand tu veux, tu ne me fais pas peur !

Christian, un des moniteurs qui assistait à la scène, leur proposa en bon pédagogue, de se battre une bonne fois pour toutes devant tout le monde, afin que tout ceci devienne une histoire ancienne.

Pierre, visiblement gonflé à bloc, avait réellement envie d'en découdre et dit à Christian :

– Okay, on n'a qu'à retourner sur le terrain de foot, on règle ça tout de suite !

Comme Yvan faisait peur à beaucoup, Pierre fit rapidement l'unanimité auprès de ses camarades.

Ça ne dura que quelques secondes : Pierre asséna le premier coup de poing, qui fût aussi le premier de sa vie. Le nez de son adversaire n'y résista pas, il ne put même pas répliquer ; c'en était fini de sa première bagarre.

Plus jamais personne, après cet épisode, ne fit peur à Pierre. Il était devenu celui qui avait résisté à Yvan. Pierre en ressentit une certaine fierté, qui lui donna encore plus d'assurance.

Sa vie au Clos devint beaucoup plus agréable, d'autant plus que le sport lui apportait de grandes satisfactions.

Pierre venait de gagner pour la deuxième année consécutive, le grand cross de Villepreux ; c'est là, qu'il rencontra Meziane, un garçon qu'il retrouvera par hasard, plus tard, pendant son service militaire en 1977.

Tous les quinze jours, les grands dont Pierre faisait maintenant partie, avaient le droit de partir en week-end dans leur famille, s'ils le désiraient.

Au début, Pierre retourna à Rueil, mais très vite, il inventa des matchs de foot ou des compétitions de cross pour ne pas partir du Clos, ce qui ne sembla pas, outre mesure, déranger sa mère, Pierre préférait rester au Clos : il faut dire que le peu d'enfants qui restaient, avaient un traitement de faveur.

Ils étaient souvent regroupés dans le même pavillon, allaient au cinéma, à la piscine ou à la patinoire ; c'était bien plus agréable en petit groupe.

Les moniteurs qui étaient de garde ces week-ends là, trouvaient toujours des sorties originales.

La visite du Musée Grévin, la mer de sable à Ermenonville ou des spectacles tels que le Mime Marceau, Carmen, la Flûte enchantée.

La cinémathèque du Clos était également riche de joyaux dont Pierre garda de beaux souvenirs : Ben Hur, Woodstock, Trafic de Jacques Tati, Jour de gloire, Les Vacances de Monsieur Hulot et, bien sûr, Grand Prix avec Yves Montand, un film culte pour Pierre.

La sortie prévue pour ce week-end de mai avait de quoi enchanter Pierre et ses copains ; le circuit de Montlhéry n'était pour lui qu'un nom entendu à la télé ou lu sur la revue Sport Auto qu'il ne manquait pas de se procurer tous les mois, par n'importe quel moyen.

La réalité et la magie de l'endroit allaient dépasser tous ses rêves d'enfant.

Pierre passat cette merveilleuse journée à se promener à travers les stands, à suivre les courses de la coupe Renault Gordini, de la Formule France, la Formule 3 et des courses de tourisme.

Il était heureux et quelle joie d'approcher des pilotes, tels que Jean-Pierre Beltoise, Jean-Pierre Jausseau, Marc Sourd, Alain Cudini, François Cevert et bien d'autres…

Cette journée resta un grand souvenir pour lui, mais le meilleur restait à venir.

La journée sur le circuit de Montlhéry avait eu tellement de succès, qu'il fut décidé de renouveler cette sortie à la fin juin sur le circuit de Rouen Les Essarts.

Les courses de monoplaces et de berlines se succédèrent toute la matinée.

François Cevert faisait déjà des étincelles en Formule 1 avec l'écurie Tyrell Ford : il participait à ce grand Prix de Rouen de Formule 2 sur Tecno.

Le début des courses était fantastique : François Cevert se bagarrait en tête avec Ronnie Peterson, autre pilote de Formule 1.

Les freinages à l'épingle du nouveau monde (un virage très connu sur les circuits) étaient dantesques.

François Cevert était impérial, jusqu'à ce qu'il s'accroche avec Peterson.

Pierre, qui suivait la course de son idole derrière les grillages, le vit arriver tout près de lui, à pied, avec son casque à la main.

Pierre n'en revint pas ; il se mit à hurler :

– François, François !… Un autographe !

François s'approcha de Pierre et lui signa son programme en lui demandant son prénom.

– François ! François ! Tu me donnes tes gants ?

François Cevert lui tendit sa paire de gants usés de pilote, que Pierre s'empressa de cacher sous son polo et qu'il gardera précieusement toute sa vie comme le plus beau des cadeaux.

Aujourd'hui encore, Pierre ne peut s'empêcher de repenser à ce moment et à cet endroit des tribunes du « nouveau monde », comme un présage dans sa vie qui, à compter de ce jour, fut le début de sa passion pour le sport automobile.

Dès lors, il ne pensa plus qu'à une seule chose : la course automobile. Il ne rata plus un seul grand prix à la télé et dépensa le peu d'argent de poche qu'il avait dans les revues spécialisées de l'époque. Les murs de sa chambre étaient couverts de posters de Formule 1 et de voitures des 24 heures du Mans.

C'était la grande époque Matra au Mans, avec Pescarolo, Larousse, Hill, Cevert, Beltoise, Cervos-Gavins.

François Cevert venait de gagner son premier Grand Prix de F1 à Watin Glens aux États-Unis.

Toutes ces stars du volant étaient des exemples pour lui.

Quand il quitta définitivement le Clos en 1973, il ne put oublier ce vendredi noir : le jour même de son départ du Clos, François Cevert se tuait aux États-Unis pendant les essais du Grand Prix qu'il avait gagné en 1971.

Pierre se jura de tout mettre en œuvre pour que le sport auto ne reste pas qu'une passion.

Chapitre 9

À contrecœur et l'âme en peine, le retour au Square du Verger ne se présentait pas sous les meilleurs augures ; Pierre savait trop ce que cette maison pouvait lui rappeler. Quand on lui demanda ce qu'il voulait faire comme métier, il se souvint que tous les pilotes de courses de l'époque commençaient par la mécanique. Alors il décida fermement de faire cela, mais visiblement, sa mère avait d'autres vues : il était déjà inscrit au lycée technique de Levallois, en section mécanique générale et pas auto comme il le souhaitait.

En effet, l'apprentissage était beaucoup plus long qu'un CAP de mécanique générale. Alors qu'avec ce diplôme, il pouvait travailler plus tôt comme le souhaitait sa mère.

Les plans projetés par sa mère allaient être mis à mal par Pierre, qui était maintenant bien décidé à ne plus se laisser faire.

À la fin de la première année de lycée technique, Pierre ne tenait plus en place ; il n'avait pas envie de se retrouver tourneur ou fraiseur, même si ces métiers méritaient tout son respect, ce n'était pas son objectif ; il allait rapidement faire entendre raison à ceux qui voulaient décider à sa place.

Après le lycée, Pierre se précipitait à l'entraînement ; il faisait partie de l'équipe de foot junior de Suresnes, la ville voisine.

Un soir, alors qu'il regardait les filles de l'équipe de basket à l'entraînement, il fit la connaissance de Jean Paul, surnommé Bubu.

Il alla boire un verre avec toute l'équipe c'est là que Bubu lui proposa de venir jouer au basket avec lui, ce que Pierre accepta de suite, sans hésitation tellement les footeux le fatiguaient. Bubu devint rapidement l'ami à l'écoute de ses confidences, malgré leur différence d'âge.

Lors d'une soirée, alors que Pierre s'épanchait sur sa vie auprès de Jean Paul, celui-ci lui dit :

– Si un jour tu as un gros problème, tu peux venir chez moi, ce n'est pas grand mais j'ai de la place pour toi, si ça ne va pas avec ta famille.

Cette proposition enchantait Pierre mais il se rendait compte que sans travail et, à 15 ans, il lui serait difficile de quitter la maison du Square du Verger.

Pierre se mit en tête de trouver du travail le soir après le lycée, pour essayer de gagner un peu d'argent ; il alla au culot dans les stations-service du coin pour laver les voitures pendant quelque temps.

Un samedi, en fin d'après-midi, alors que Pierre lavait une voiture, le patron de la station vint le voir et lui dit :

– Tu ne veux pas travailler ce soir avec Jacky, le pompiste de nuit, parce que j'ai un des pompistes qui est malade ? J'ai personne pour le week-end.

– Oui, bien sûr M'sieur, pas de problème ! Faut juste que je prévienne chez moi.

– D'accord, tu peux y aller, tu reviens vers 21 heures.

Pierre prit son vélo et fonça chez lui pour prévenir sa mère.

– Maman, ce soir, je travaille au garage pour remplacer le pompiste de nuit. Il faut que je sois là-bas à 21 heures.

Sa mère lui demanda immédiatement :

– Combien il te paye ?

– Je ne sais pas, mais c'est plus que quand je travaille le samedi.

Pierre prit de plus en plus souvent l'habitude de travailler le samedi soir ; il commençait à gagner un peu d'argent, que sa mère ne manquait pas de lui réclamer pratiquement en totalité.

Un soir, alors que Pierre servait de l'essence pour une magnifique Jaguar, le chauffeur dit à Pierre :

– Pas trop dur de travailler la nuit ?

– Oh non M'sieur ! Vous savez quand on a besoin d'argent on fait ce qui se présente, en attendant mieux…

– Ah oui, et qu'est-ce que tu attends, toi, jeune homme ?

– Et bien de passer mon CAP à la fin de l'année et de partir loin de chez moi.

Le chauffeur lui laissa 50 francs de pourboire en lui souhaitant bonne chance ; Pierre se dit à ce moment-là que, même la nuit, le soleil pouvait parfois briller. L'homme à la Jaguar se prit d'affection pour Pierre ; il lui réserva toujours, lors de ses passages à la station, un mot gentil et un pourboire conséquent.

Un vendredi, vers 1 heure du matin, alors que la station était déserte et que Jacky dormait à moitié sur sa chaise, la Jaguar entra dans la station. Pierre se précipita :

– Bonsoir, vous allez bien ?

– Bonsoir jeune homme ! Oui, ça va bien, merci. Alors, encore de service ?

– Eh oui M'sieur ! J'adore travailler le soir, ça paye mieux.

– Si tu as envie de changer, il y a d'autres métiers où tu peux gagner plus en travaillant le soir.

– Oui sûrement, mais il faut connaître !

– Justement ! Comment t'appelles-tu ?

– Pierre.

– Pierre comment ?

– Pierre Hocquemiller.

– Écoute Pierre, si ça t'intéresse, j'ai un restaurant Avenue Victor Hugo à Paris. Je te donne ma carte et tu viens me voir demain après-midi, après le service. On discutera tous les deux d'accord ?

– Oui, M'sieur ! Je viens vous voir demain, vers 3 heures, ça va ?

– Très bien Pierre, vers 15 heures !

Le lendemain, Pierre se présenta à l'adresse inscrite sur la carte.

– Bonjour ! J'ai rendez-vous avec monsieur Raymond.

– Oui, suivez-moi ! Lui dit une charmante demoiselle. Il vous attend.

Pierre entra dans le grand bureau.

– Bonjour, monsieur !

– Bonjour, Pierre ! Alors, vous avez fini à quelle heure ce matin ?

– Vers 6 heures, monsieur !

– Tu me sembles courageux, ça me plaît ! Quel âge as-tu ?

Pierre se sentit piégé. Il n'avait pas encore 16 ans. Il savait qu'il n'avait pas le droit de travailler. Mais son gabarit déjà imposant et ses petites moustaches naissantes laissaient planer le doute. Il était bien décidé à ne pas laisser passer sa chance.

– J'ai 18 ans Monsieur !

– Bien ! Il faudra que tu m'amènes ta carte d'identité.

– Je l'ai perdue, Monsieur, mais je vais en faire refaire une.

– D'accord, il faut que tu la ramènes vite. Voilà ce que je te propose si tu es d'accord. Au départ, il faut qu'on te forme à ce métier, donc tu vas passer par tous les postes : la plonge, la cave, le bar, la cuisine et le service. En fonction de tes capacités, nous pourrons choisir ce qui te convient le mieux, ça te va ?

– Oui, bien sûr monsieur !

– Tu peux te libérer rapidement, j'espère ?

– Bien sûr monsieur !

– Si ça t'intéresse toujours, tu travailleras jeudi, vendredi samedi et dimanche soir, de 19 heures à 1 heure du matin. Ça te va ?

– Oui monsieur !

– Tu gagneras 300 francs par semaine, c'est bon pour toi ?

– Oh, oui monsieur !

– Bien ! Alors tu peux commencer jeudi à 19 heures. Tu arrives vers 18 heures 30 pour manger avec le personnel. Marcel, le chef, t'expliquera tout ce que tu as à faire, d'accord ?

– Oui, monsieur, merci !

– Alors à jeudi, Pierre ! N'oublie pas ta carte d'identité !

– D'accord monsieur ! À jeudi !

Sur le chemin du retour Pierre se sentait pousser des ailes, il était heureux.

Le soir, à la station-service, Pierre annonça la nouvelle à Jacky :

– Tu te rends compte ! Je vais travailler dans la restauration et je vais gagner beaucoup plus qu'ici, mais par contre j'ai un problème : il me demande une carte d'identité et j'en ai pas. En plus, je n'ai pas l'âge !

– Moi, si tu veux, lui propose Jacky, je peux t'avoir une carte d'identité par un copain. Seulement le service est payant !

– Ah bon ? demanda Pierre. Et c'est combien ?

– Je ne sais pas, il faut que je lui demande, il faut que ce soit discret.

– D'accord, ça m'intéresse !

– Il faut faire vite !

Le jeudi suivant, Pierre arriva en avance. Monsieur Marcel, le chef l'accueillit chaleureusement.

– Bien, ce soir tu vas travailler à la plonge. Tu vas t'habiller au vestiaire, en bas, avec ce pantalon et cette veste, ensuite, viens me voir que je te montre comment ça se passe. Tu mangeras avec les serveurs, avant le service, d'accord ?

Le premier jour de travail fut épuisant. La traversée du bois de Boulogne, en pleine nuit, avec son vélo sans lumière, s'annonçait périlleuse, mais Pierre était tellement heureux de tout ce qui lui arrivait, qu'il prit cette épreuve avec prudence et surtout philosophie.

Depuis quelques semaines, Pierre était fidèle au poste, il était passé de la plonge à la salle pour débarrasser les buffets encombrés de vaisselle sale par les serveurs.

Il prenait son rôle très au sérieux et n'était pas peu fier de traverser la salle du restaurant, bondée de la clientèle du Tout Paris.

Un dimanche soir, alors que Pierre allait prendre son service, monsieur Marcel, le chef, appela Pierre :

– Ce soir, il me manque un serveur en salle, alors tu vas travailler en équipe avec Jacqueline. Elle prend les commandes et toi, tu portes ses plats sur le buffet du poste 1 pour qu'elle puisse servir les clients. Tu fais la mise en place de ses tables. Pour le reste, elle t'expliquera.

À la fin du service, Monsieur Marcel demanda à Jacqueline :

– Alors, comment ça s'est passé avec notre jeune homme ?

– Bien, très bien ! répliqua Jacqueline. Je pense qu'il va bientôt pouvoir faire la salle.

Pierre se sentit fier du compliment et feignit de ne pas entendre.

Il allait de mieux en mieux et commença à gagner honnêtement sa vie. La petite moustache qu'il laissait pousser semblait complètement bluffer son entourage professionnel quant à son âge.

Cela faisait maintenant quelques mois que Pierre était serveur. Les clients habitués commençaient à le réclamer pour n'être servis que par lui ; sa poche « pourboire » avait bien évolué pour le bonheur de tous ses collègues qui l'aimaient bien, le trouvaient très courageux et pensaient qu'il n'avait pas les deux pieds dans le même sabot.

Chapitre 10

Un dimanche matin, alors qu'il faisait un temps magnifique, Pierre réparait son vieux vélo devant la porte de la maison quand sa mère s'approcha de lui pour lui demander :

– Alors combien tu as gagné cette semaine ?

Pierre, qui n'en était plus à un mensonge près pour essayer de sauver ses maigres économies, tenta de détourner la conversation, mais comme d'habitude, le ton monta et Pierre était bien décidé à ne pas se laisser faire.

Au bout de quelques minutes d'explication, Pierre se mit enfin en colère et hurla :

– J'en ai marre que tu me parles comme ça et que tu me traites comme rien, je n'en peux plus, je ne te fais rien et t'es toujours derrière moi !

– Comment tu parles à ta mère ? Je vais t'en mettre une !

À peine sa mère eut-elle le temps de lever la main que Pierre lui saisit l'avant-bras de toutes ses forces et lui cria :

– Plus jamais tu ne me frapperas ! C'est fini maintenant, je ne me laisserai plus faire, je n'ai plus peur de toi ni de personne !

Pierre relâcha le bras de sa mère qui préféra ne pas insister. Alors Pierre se surprit à lui crier :

– Je me barre d'ici, vous me verrez plus !

Sa mère lui répondit :

– Tant mieux, bon débarras !

Le père de Pierre qui assistait à la scène n'en crut pas ses oreilles et esquissa un sourire de circonstance.

À ce moment précis, Pierre se souvint que Bubu lui avait proposé de venir habiter chez lui s'il avait le moindre problème. Il n'hésita pas un seul instant et prit la direction du boulevard Solferino et de la résidence Richelieu où habitait Bubu.

L'immeuble de quatre étages était cossu ; tout le dernier étage était équipé de petits studios de 20 m^2, avec une petite cuisine. Quant à la douche elle était commune à l'étage.

Bubu proposa à Pierre de partager le loyer en attendant de pouvoir se prendre un studio, plus tard, quand la situation s'arrangerait financièrement.

Il lui proposa en outre de voir avec son patron s'il pouvait le faire embaucher comme aide, pour travailler sur les chantiers de montage d'ascenseur avec lui.

Pierre fit connaissance de tous les voisins de palier. En effet, tout le monde se connaissait. C'était une sorte de confrérie, du genre qui sera le plus cool, ce qui n'était pas pour déplaire à Pierre.

Au bout de quelques mois, Bubu qui habitait le bâtiment Athos réussit à trouver un studio pour Pierre dans la même résidence, mais dans le bâtiment Porthos ; avec Aramis, les trois bâtiments de la résidence Richelieu étaient entourés de verdure, qui donnait à la petite résidence un cachet cossu mais discret.

Pierre fit de nouvelles connaissances dans cette résidence et plus spécialement celle de la charmante Dominique qui habitait juste en face.

Pierre ne perdait pas une occasion pour aller lui emprunter du sel ou du poivre, pour simplement la rencontrer.

Tous deux allaient très vite partager bien plus que de l'amitié malgré leur différence d'âge qui gênait plus Dominique que Pierre. En effet, même s'il cachait encore son âge (à peine 17 ans), Dominique elle avait 23 ans.

Un beau soir d'été, alors que tous les jeunes de la résidence, assis sur l'herbe improvisaient une soirée guitare, Pierre se mêla au groupe de Dominique.

Plus la soirée avançait, plus Pierre trouvait le comportement de certains voisins et celui de Dominique changeants.

Ce fut là son premier contact avec la drogue.

Pierre pour ne pas se distinguer de la troupe ne se fit pas prier pour tirer une bouffée, mais au fond de lui, il n'approuvait pas ce genre d'amusement. Même s'il ne connaissait pas grand-chose à ces substances, il avait déjà eu l'occasion de voir les dégâts engendrés par ce fléau.

Plusieurs fois, Pierre tenta d'en parler avec Dominique, qui était malheureusement adepte du « shoot », que Pierre ne connaissait pas encore.

Il fallait se rendre à l'évidence : Dominique avait malheureusement une fâcheuse tendance à réitérer ces jeux désastreux dès qu'ils étaient quelque temps sans se voir.

Pierre n'imaginait pas qu'il allait s'engager dans une lutte perdue d'avance, tant Dominique était déjà dépendante.

Elle ne se cachait plus maintenant devant Pierre qui, malgré ses coups de colère, restait impuissant à freiner la déchéance de sa compagne.

Pourtant, parfois, pendant les moments d'accalmie, ils arrivaient tous les deux à avoir une vie normale. Les parents de Dominique possédaient une merveilleuse villa près de Deauville. Ils étaient reçus régulièrement. François, le père de Dominique, ne comprenait pas le comportement de sa fille et très souvent conseillait à Pierre de s'éloigner d'elle pour ne pas subir le déclin de sa propre fille.

Françoise, sa maman comprit rapidement que malgré son âge, Pierre pouvait aider sa fille ; elle s'entretenait régulièrement avec lui du sujet.

Un après-midi de juin, alors que les parents de Dominique avaient improvisé un barbecue dans le jardin de la villa normande, Dominique, qui pour une fois, était dans un état relativement conscient, demanda à son père de l'aider pour faire une cure de désintoxication et ce, au grand étonnement de ses parents et de Pierre.

– Tu es sûre ? Lui demanda son père.

– Oui, je suis sûre, il faut que je le fasse ! Je n'en peux plus de souffrir et puis je suis enceinte d'un mois, j'attends un enfant et je veux le garder, je veux vivre.

Pierre n'en croyait pas ses oreilles, il était partagé entre la joie et la peur de tout ce qui pourrait suivre.

La maman de Dominique insista :

– Tu en es sûre ? Tu es allée consulter un gynécologue ?

– Oui maman, j'en suis sûre, j'ai eu les résultats cette semaine. Rassurez-vous tout va très bien !

Dominique regarda Pierre pour essayer de percevoir sa réaction.

Il se leva de table, s'approcha d'elle pour la prendre dans ses bras ; le regard ancré au plus profond d'elle, il lui dit :

– Si tu le désires et que tu veux vraiment arrêter cette saloperie, et à la condition de ne plus rien me cacher, on se dit tout même quand ça ne va pas et on se bat ensemble, alors je suis d'accord.

Dominique acquiesça. Pierre, quant à lui, se rendit bien compte qu'être père à 17 ans, c'était jeune, surtout si sa compagne continuait à se droguer, ce serait une catastrophe.

Françoise passa l'après-midi à expliquer à Pierre que le fait de ne pas être encore majeur n'était pas très grave, mais que les responsabilités allaient s'abattre sur lui, que les salaires qu'il percevait au restaurant, ainsi que ses pourboires, ne suffiraient pas pour faire vivre une famille, que plus rien ne serait comme avant et qu'il allait devoir assumer ses responsabilités.

De retour à Rueil, il commença à chercher un nouveau travail de jour ; il était persuadé de pouvoir, à la fois, travailler la journée et de prendre ensuite son service au restaurant vers 19 heures.

Un soir, après l'entraînement de basket qu'il pratiquait toujours avec son ami Bubu, Pierre décida de lui parler sans trop lui donner de détails.

Quelques jours après, Pierre fut reçu à Romainville, au siège de la société de Bubu. Un poste d'aide de chantier venait de se libérer.

En effet, Bubu était monteur en ascenseurs ; il avait besoin d'un apprenti pour la manutention sur les chantiers.

Pierre commença le lundi suivant sur un chantier, tout près de chez eux, à Nanterre. Il trouvait cet emploi très bien ; il était content de travailler avec son ami.

Quant au salaire, il était bien supérieur à celui du restaurant. Pierre semblait toucher au but, tout allait enfin dans le bon sens pour lui, enfin presque ; Dominique ne faisait pas d'effort ; après une cure de quelques semaines, elle recommença à se droguer en jurant ses grands dieux qu'il n'en était rien.

Pierre ne pouvait plus maîtriser la situation entre son travail la journée, le restaurant le soir ; il retrouvait très souvent sa compagne dans un état second.

Dominique était enceinte de quatre mois. Un soir où Pierre ne travaillait pas au restaurant et qu'il rentra plus tôt, il trouva Dominique affalée par terre près du lit, dans un état lamentable.

Pierre n'eut pour seule ressource que de téléphoner aux pompiers ; elle fut transportée d'urgence à l'hôpital.

Quand Françoise, la maman de Dominique, arriva, son premier réflexe fut de demander à Pierre si le bébé était en danger.

– Je ne sais pas ! Lui répondit-il. J'attends le médecin, mais, visiblement, votre fille à encore fait ses conneries ! J'ai retrouvé des seringues dans le lavabo ! Je ne sais plus quoi faire ! Si elle continue, elle va perdre notre bébé !

Françoise était dépitée, elle ne savait plus comment réagir. Elle tenta bien de demander quelques explications à Pierre :

– Que s'est-il passé ?

– Elle recommence, je crois.

– Oui, mais tu ne lui donnes plus d'argent ?

– Un peu, pour les courses au quotidien.

– Je parie qu'elle garde cet argent pour ce que tu sais.

– Oui, c'est évident, car les courses ce n'est vraiment pas ça !

– Si tu veux, on pourrait la prendre quelque temps en Normandie ?

– Oui, d'accord, j'espère que ça lui fera du bien ;

– Et puis toi, ça te reposera un peu.

Le médecin arriva enfin, après une interminable attente de deux heures et s'adressa à Pierre :

– Monsieur, si vous êtes son ami, il va falloir faire très attention maintenant, car là, elle est à la limite de l'overdose ! Nous allons la garder pour la nuit. J'insiste, il faut vraiment que vous fassiez très attention car si elle continue sur ces bases, elle va perdre son enfant. Il faut qu'elle reprenne du poids ! Être enceinte de quatre mois et ne peser que 46 kilos, c'est dangereux pour le bébé et pour elle. Venez la chercher demain en fin d'après-midi.

Françoise proposa à Pierre de le ramener en voiture, afin de discuter un peu de cette situation.

– Tu sais, Pierre, si cela devient trop dur pour toi, il faut me le dire. C'est ma fille, je ne la laisserai pas se détruire comme ça. Je peux comprendre que tu en aies assez de voir que la situation ne s'arrange pas.

– Non, il n'y a pas de problème pour moi. Vous savez bien que je fais tout pour l'aider, mais elle ne veut plus faire d'efforts. Un jour, tout va bien, le lendemain tout est remis en question.

– Oui, je comprends bien mais, je me dis aussi que tu es encore jeune et quand le bébé va naître, tu n'auras pas encore tes 18 ans, je ne veux pas que tu gâches ta vie. Tu sais, je me demande si, un jour, Dominique guérira vraiment. Ça fait tellement d'années qu'elle est comme ça ! Avec son père on a tout essayé ! Chaque fois, elle replonge, j'ai vraiment peur !

– Mais vous avez peur de quoi ? Que je ne puisse pas m'occuper du bébé ? Je l'ai fait, je l'assumerai jusqu'au bout, je n'ai pas peur de travailler, encore moins d'élever notre enfant.

– Je sais tout cela Pierre ! Je trouve que pour ton âge, tu es bien trop mature ! Tu vas te retrouver avec une femme qui a 7 ans de plus que toi et un enfant. J'espère que tu te rends compte que ce ne sera pas une partie de plaisir tous les jours.

– Bien sûr que je suis conscient de ça ! Mais vous ne voulez tout de même pas que je fuis mes responsabilités ?

– Non, mais je suis inquiète pour ma fille, mais aussi pour toi. Je ne vois pas Dominique s'occuper d'un enfant. Peut-être que l'instinct maternel prendra le dessus et qu'elle réagira, on ne sait jamais ! Je te le souhaite. De toute façon, tu pourras toujours compter sur moi, tu le sais bien.

Chapitre 11

Alors que le mois de septembre touchait à sa fin et que les arbres commençaient déjà à s'habiller des mille couleurs dont l'automne a le secret, Dominique et Pierre tentaient, tant bien que mal, d'avancer vers cette grande étape de leur vie.

Les discussions tournaient autour du prénom de leur enfant, maintenant qu'ils savaient qu'une fille allait embellir leur vie, malgré les rechutes incessantes de Dominique, Pierre cherchait encore quelques raisons d'espérer.

Elle souhaitait appeler sa fille Valérie ou Aurore, Pierre quant à lui préférait Marie, mais il était conciliant et faisait tout pour que Dominique soit heureuse ; ils choisirent Valérie.

Entre-temps, il entreprit les démarches auprès de la mairie pour obtenir une carte d'identité. Il dut aller à la mairie du 14e arrondissement de Paris pour avoir un extrait d'acte de naissance. À sa grande surprise, Pierre n'était qu'un prénom d'emprunt. Son identité réelle était tout autre ! De Pierre Hocquemiller, qu'il traînait depuis plus de 17 ans, il devint Jean-Pierre Mothe.

Il apprit également que, contrairement à ce qu'on lui avait toujours dit, il n'avait pas été adopté et qu'il portait le nom de sa mère génitrice ; il était né de Jeanne Mothe, qui l'avait reconnu et de Christian Vallet.

Ce fait nouveau eut pour effet de le détacher définitivement de sa famille qu'il considérait maintenant comme étrangère : le fait de ne plus porter ce nom le confortait dans ses futures convictions.

Alors qu'il entreprenait les démarches pour tenter de retrouver ses géniteurs, il se heurta au mutisme des administrations concernées, ainsi qu'au silence inquiétant de sa famille adoptive pour laquelle le sujet semblait être tabou.

Dès qu'il essayait de poser des questions à ses sœurs ou à sa mère, il sentait bien que les visages se fermaient, que les discussions tournaient court.

Il était clair, à présent, pour Pierre qu'il y avait anguille sous roche ; il n'imaginait pas que ce secret de famille puisse un jour ne pas lui être dévoilé.

Cette chape de plomb qui pesait au-dessus de sa tête, le poursuivit toute sa vie.

Comme la quête du Graal, il n'eut de cesse de rechercher la vérité, jusqu'à l'ultime révélation qui pouvait apaiser ses souffrances passées.

Pierre décida de ne plus entendre parler de cette famille qui pour lui n'en avait jamais vraiment été une ; lorsqu'il s'aventurait au Square du Verger, c'était pour y voir la seule personne qu'il aimait par-dessus tout, son père, qui malheureusement en était à sa énième opération et se sentait diminué de jour en jour.

Il avait déjà été amputé de la moitié de la jambe droite et la gangrène, dont il était atteint, le faisait souffrir atrocement.

Ces incessantes hospitalisations marquèrent profondément Pierre, tant le courage et la dignité de celui qui resterait, de toute façon, son père le touchaient beaucoup.

Plusieurs fois, lors de ses nombreuses visites, Pierre fut tenté de lui demander la vérité sur ses origines, mais à chaque fois le courage lui fit défaut.

Pierre commençait à avoir une vie bien réglée, entre son travail d'ascensoriste la journée et le restaurant de la rue Victor Hugo, il vivait pleinement sa nouvelle vie.

Alors qu'il se disait, que le temps des ennuis semblait enfin vouloir cesser, les événements se précipitèrent.

En ce funeste mois de novembre 75, Dominique, pour qui la vie ne semblait plus avoir grand intérêt et qui n'avait toujours pas pris la mesure de l'événement que représentait la naissance de son enfant, fit une fois de plus une overdose.

Le diagnostic des médecins fut sans appel : il fallait absolument tenter de faire naître l'enfant. Dominique luttait entre la vie et la mort, au risque d'emporter avec elle une deuxième vie ; la seule solution était de précipiter la naissance de son enfant.

Françoise qui, comme toujours, tenait à être présente, tenta bien de trouver les mots justes pour faire entendre raison à Pierre.

Il faut faire ce que les médecins nous disent.

Cette force qui, jusqu'à ce jour, l'avait tenue en vie allait définitivement lâcher prise ; la mort qui guettait avait offert son répit pour la naissance de Valérie. Quel paradoxe ! Une vie qui s'éteint, une vie qui s'éveille.

Ce 16 novembre 1975 fut pour Pierre une date maudite. Une mort et une naissance le même jour anéantirent définitivement ses faibles croyances religieuses !

La disparition de Dominique plongea Pierre dans un désarroi total.

Françoise, quant à elle cacha la souffrance ressentie à la disparition de sa fille. Elle tenta de faire face et fut très présente aux côtés de Pierre ; elle fit tout pour qu'il puisse se préparer à la sortie de Valérie qui, pour quelque temps, fut placée en couveuse.

Les inquiétudes de Pierre étaient maintenant tournées vers cette enfant pour laquelle le comportement de sa mère pendant la grossesse avait été nuisible.

Les médecins étaient unanimes : le bébé, bien qu'un peu faible, ne portait aucune trace des excès de sa maman : il pourrait avoir une vie tout à fait normale.

Françoise se fit le porte-parole des médecins auprès de Pierre :

– Il va falloir que l'on s'organise ; dans un premier temps, si tu le veux bien je te propose de venir vivre à la maison à Boulogne Billancourt, tu seras près de ta fille et tu pourras continuer de vivre normalement.

Le cœur meurtri, Pierre ne put qu'accepter, mais vivre normalement lui semblait dérisoire et pas de circonstance.

Chapitre 12

Malgré le peu d'enclin à reprendre le dessus, Pierre prit ses responsabilités à bras-le-corps.

Françoise lui proposa bien sûr de l'aider à élever Valérie, de la garder la journée, afin qu'il puisse continuer à travailler.

Pierre quitta le restaurant de la rue Victor Hugo au début de l'année 76, pour ne plus se consacrer qu'à son travail d'ascensoriste et ainsi être libre, le soir, pour Valérie.

C'était aussi pour lui l'année de sa majorité ; il se sentait, malgré ce drame, encore plus fort et ne voulait vivre que pour sa fille. Pas un jour, pas une nuit, sans que Pierre ne fût près d'elle.

Il recommença à vivre normalement et à refaire un peu de sport avec ses amis du basket ; il resta très discret, le seul qui partageait ses malheurs et ses quelques joies était encore Bubu.

C'est à cette période qu'il fit la connaissance de Christine, qu'on lui présenta un après-midi, alors qu'il fréquentait assidûment la piscine de Rueil avec un groupe de copains.

Très rapidement, ils devinrent tous deux très intimes au point de partager leur jeune vie.

Pendant l'année 1977, il fit son service militaire à Salbris puis il reprit sa place au sein de la société des ascenseurs Camus.

Pierre et Christine décidèrent alors de se marier ; l'aventure du mariage fut un échec ; ils divorcèrent, au bout d'un an.

Pierre ne fut jamais très expansif sur le sujet ; il avoua simplement qu'il n'était pas prêt et que ce divorce était entièrement de son fait.

Ses priorités étaient toujours les mêmes : sa fille qui commençait à grandir et devenait avec l'âge de plus en plus désireuse de la présence de son papa ; il voulait, pour elle, réussir sa vie sociale, Son travail au sein de la société prit une tournure que Pierre n'avait pas envisagée aussi rapide.

Après quelques mois d'apprentissage du métier avec Bubu, il se vit confier un premier chantier de montage, où il allait être seul et responsable, Rue Joseph Barra, en plein cœur de Paris tout près de Port Royal, là où il vit le jour en février 58.

Il recevait très souvent la visite de son patron, qui souhaitait suivre son premier chantier, pour être sûr qu'il avait fait le bon choix en faisant confiance à Pierre ; il ne fut pas déçu.

Très rapidement, Pierre enchaîna de nouveaux chantiers et se prit au jeu, car à cette époque le travail à la tâche existait encore et la motivation de Pierre était sans limite, il voulait réussir !

Cela faisait maintenant plus d'un an qu'il était devenu responsable de chantier et tout allait pour le mieux.

On lui confia un gros chantier à Cergy, tout près du clos de Vauréal. Un jour, accompagné de son patron, alors qu'ils étaient en train de déjeuner à la table d'une brasserie tout près de son chantier, Pierre vit entrer un ancien du Clos : François Tanguy, un de ses anciens tortionnaires. Celui-ci le reconnut aussitôt, mais à peine se dirigeait-il vers Pierre pour le saluer que ce dernier sauta par-dessus la table pour se jeter sur François qui ne comprit pas ce qui lui arrivait.

Les serveurs du restaurant, ainsi que le patron de Pierre, tentèrent de le contenir, mais il était trop énervé, et asséna quelques coups à François, avant d'être séparé par son patron : tout le monde restait béat.

Visiblement, Pierre avait la rancune à fleur de peau et semblait attendre ce moment depuis fort longtemps.

Quand Monsieur Liébeau, son patron lui demanda de s'expliquer sur son comportement, Pierre lui expliqua qu'il portait cette rancune depuis ses dix ans, lorsqu'il était pensionnaire au Clos. Le hasard lui donnait aujourd'hui sa revanche sur tout ce qu'il avait subi. Monsieur Liébeau ne le crut pas.

– Mais enfin ! Une telle rage, dix ans après, il faut vraiment qu'il vous ait fait beaucoup de mal ?

– Énormément ! répliqua Pierre. Je suis désolé, mais ça a été plus fort que moi !

– Pierre dit encore : dès que je l'ai reconnu, j'ai vu la douleur que ce mec m'a fait subir. Ça a été comme un détonateur qui est en vous.

Pierre continua de partager sa vie entre son travail, le sport qu'il ne cessa jamais de pratiquer et sa petite Valérie qui commençait à devenir une charmante adolescente.

C'était une enfant très calme et surtout très bien élevée, car Françoise, sa Mamie, avait tout mis en œuvre pour que son enfance soit des plus paisibles. Elle travaillait très bien à l'école et devenait de plus en plus jolie.

Pierre passait beaucoup de temps avec Valérie, il était très fier de sa fille.

En décembre 82, à l'arbre de Noël de la société Camus, Valérie eut droit à une magnifique poupée de chiffon rose qu'elle prénomma aussitôt « Marie », sans que personne ne sache pourquoi, ce qui toucha beaucoup son père qui, quelques années auparavant avait toujours souhaité appeler sa fille « Marie ».

Au début de l'année 83, Pierre reçu des propositions pour aller travailler à l'étranger, afin de monter des ascenseurs sur les structures métalliques de plates-formes de forage en Australie.

Le poste était à pourvoir pour trois ou quatre années avec des salaires confortables.

La première question qui vint à l'esprit de Pierre était de savoir s'il pouvait emmener sa fille avec lui.

– Bien sûr, vous pouvez emmener votre famille, puisque vous serez logés par la société.

La famille de Pierre, à cette époque, en dehors des parents de Dominique, se limitait à sa fille.

Quand il annonça son projet à Françoise, celle-ci fut partagée entre la joie de voir Pierre transformer sa vie et la tristesse de voir sa petite fille s'éloigner quelque temps.

Françoise savait pertinemment que Pierre était sérieux et qu'elle aurait des nouvelles très souvent.

– De toute façon, il est prévu que je revienne tous les 6 mois en France, donc même si c'est un peu loin, on va quand même se voir régulièrement.

– Et Valérie ? Tu lui en as parlé ?

– Oui, bien sûr ! répondit Pierre. Mais pour l'instant, elle ne se rend pas vraiment compte.

Le grand départ était prévu pour la rentrée de septembre ; Pierre était très impatient, Valérie posait de plus en plus de questions sur ce long voyage, sur l'école et surtout pour savoir, si là-bas, elle aurait de nouvelles petites copines ; Pierre était très rassurant sur le sujet.

Bien évidemment des questions qu'il s'était lui-même posées avant de prendre cette décision ; l'envie de découvrir d'autres choses était bien plus forte que le reste. Peut-être qu'en son for intérieur, il avait envie de fuir tout ce qu'il avait connu jusqu'ici.

Après un très long voyage et plusieurs escales, ils arrivèrent enfin à Perth, grande métropole australienne de la côte sud.

Pierre et sa fille furent accueillis par Sylvain et Marie-jeanne, que Pierre avait déjà rencontrés à Paris avant de prendre sa décision.

Ils avaient deux enfants, Nicolas 6 ans et Anne 8 ans, cela tombait fort bien puisque Valérie, elle avait 7 ans.

La première chose qui troubla Pierre fut le fait que la circulation automobile, en Australie, se faisait à gauche.

Il était prévu qu'ils logent quelque temps chez ce Sylvain et Marie-Jeanne, en attendant de trouver un logement pour Pierre et sa fille.

Quand ils arrivèrent à Méline Beach, à une trentaine de kilomètres à l'ouest de Perth, les premières soirées de sa vie australienne se résumèrent à découvrir l'environnement et le voisinage, afin que tout le monde trouve ses marques.

La première fois que Pierre vit la plate-forme, ce fut du haut d'un hélicoptère. Il éprouva une forte impression, sachant qu'il allait travailler bientôt sur celle-ci.

En effet, Basse Luna était à l'époque une des plus grandes plates-formes off shore de la planète : plus de cent vingt personnes y travaillaient en permanence.

Pierre allait être présent par période de six jours en continu et ne redescendrait sur terre que tous les quinze jours.

À son premier retour sur terre, il trouva sa fille en pleine forme et pas du tout tracassée par son nouveau rythme de vie.

Il faut dire que les enfants de Marie-Jeanne étaient adorables et que Valérie trouvait auprès d'elle, le réconfort indispensable du fait des absences de son papa.

Pour ce premier week-end sur terre, il était prévu de visiter une petite maison à quelques pas de chez Sylvain et Marie-Jeanne.

C'était parfait, surtout que Valérie retournerait chez eux quand son père partirait sur la plate-forme.

Pierre et Valérie restèrent près de trois ans dans cette maison, avec quelques retours en France, pour les fêtes et pour les grandes vacances.

Quand ils rentrèrent définitivement en France, ils retournèrent habiter quelque temps à Boulogne, chez les grands-parents de Valérie. Puis il commença à rechercher un appartement à Rueil ; c'était là qu'il avait ses racines.

L'appartement de la rue Eugène Labiche était spacieux et Valérie y prit très vite ses habitudes. L'école était à deux rues de leur habitation.

Entre-temps, Pierre avait complètement changé d'orientation professionnelle ; il souhaitait, depuis bien longtemps déjà, faire du commercial.

Il avait trouvé une place de représentant dans une société de lunetterie, par le biais d'une amie qui faisait ce métier depuis des années.

Ceci n'était qu'un tremplin pour Pierre qui, dès les premiers mois, eut l'immense chance d'avoir de bons résultats sur le terrain.

Visiblement, il se sentait très à son aise en clientèle et son chiffre d'affaires se développa à la mesure de son talent naissant dans cette profession.

Il fit la connaissance, lors du salon annuel de l'optique, de Philippe, qui allait devenir en très peu de temps, un ami, avant d'être un patron. Pierre profita de son statut de représentant multicartes pour distribuer également, sur le nord de la France qui était son secteur, la collection beaucoup plus colorée et facile à vendre de Philippe, auprès de ses clients.

La petite société d'optique de Philippe était basée à Achères dans les Yvelines, dans un petit pavillon de banlieue, où l'ambiance était des plus conviviales.

Rapidement, le secteur de Pierre prit de l'ampleur et Philippe ne tarda pas à lui proposer de s'associer dans une nouvelle société qu'il avait en projet avec deux autres commerciaux.

Le projet fut mis sur pied et Pierre n'était pas peu fier de faire partie des associés ; sa motivation n'en fut que plus grande. Il conserva son secteur : le Nord, la Normandie, ainsi que la Picardie.

La vie de Pierre prit une autre dimension ; il se plaisait dans son métier et plus rien ne semblait pouvoir l'atteindre, tant sa sérénité faisait plaisir à voir.

Il profita de cet état d'esprit pour faire des recherches auprès de son ancienne assistante sociale, afin de retrouver la trace de sa mère génitrice.

Il apprit qu'elle vivait à Chaumont dans la Haute-Marne. Pierre fut soulagé en apprenant qu'elle était gardienne d'immeuble, il avait tellement entendu les machiavels dire que sa mère était prostituée !

Lors d'un déplacement professionnel, il décida de lui rendre visite.

Chapitre 13

Il se présenta, fébrile, devant sa porte. Quand il vit le nom inscrit sur la sonnerie de l'appartement du rez-de-chaussée, il eut un moment d'hésitation, mais aussitôt l'envie de connaître enfin la vérité sur son passé fut plus grande. Il sonna un coup bref, puis un deuxième.

La porte s'ouvrit, un petit bout de bonne femme le regarda, mais Pierre ne put rien dire, il était pétrifié.

– Oui monsieur ? C'est pourquoi ?

Il bafouilla :

– Je suis Jean-Pierre…

– Qui ?

– Votre fils ! Jean-Pierre…

– Ce n'est pas vrai ! Mais entre donc !

La femme, en larmes, enlaça Pierre en s'écriant :

– Mon fils, c'est pas possible ! Comment tu as fait pour me retrouver ?

Après quelques minutes d'explication, Pierre décida d'entrer dans le vif du sujet et de poser les questions qu'il se posait depuis près de 30 ans.

Pierre fut surpris, quand cette dame, lui demanda carrément de l'appeler « Maman ».

– Mais vous n'y pensez pas ! Je ne peux pas, pas pour le moment ! J'ai besoin de savoir ce qui s'est passé et pourquoi vous m'avez abandonné ! Maintenant, j'ai le droit de savoir !

– Mais je ne t'ai pas abandonné ! Qu'est-ce qu'on t'a raconté ?

– On m'a dit que vous aviez essayé de m'empoisonner quand j'avais à peine dix jours et que l'on vous avait internée ! Ensuite, j'ai été confié à la famille Hocquemiller.

– C'est la grosse Marcelle qui t'a raconté cette connerie ? Ça ne m'étonne pas d'elle, c'est une menteuse !

– Alors, racontez-moi la vérité puisque vous savez ce qui s'est passé, c'est la moindre des choses ! Vous êtes ma mère !

– Non, ça ne sert plus à rien de faire des histoires ! Tout ça, c'est du passé ! Tu n'as qu'à demander au Père Hocquemiller ! Lui, il t'expliquera peut être !

– Ce n'est pas possible ! Il est mort en 76, le jour de son anniversaire… Je ne comprends pas toutes ces cachotteries ! Est-ce si compliqué de dire la vérité ? J'ai le droit de savoir tout de même ! Je veux savoir d'où je viens ! Si j'ai des frères et sœurs et qui je suis, c'est vital de connaître ses racines, j'en ai trop souffert ! S'il vous plaît, madame, aidez-moi ! Qui êtes-vous vraiment ? Mon père, qui est-ce ? Je veux connaître des noms, ensuite je vous laisse en paix.

– Ton père, il est reparti au Québec, chez lui. Tu as trois sœurs et deux frères. Il y a Fabienne qui a 41 ans ; elle vit au Canada à Toronto. Mireille, qui a 38 ans et vit au Québec. Anne, qui aurait 35 ans, est décédée il y a deux ans, d'un accident de voiture avec son mari. Elle vivait à Paris. Philippe, lui, est resté au Québec, il a 34 ans, il est restaurateur près de Frontenac. Christian, je n'ai jamais eu de nouvelles. Il doit avoir 32 ans. Voilà ! Et toi, alors, tu fais quoi ?

– Moi, ce n'est pas intéressant ! Je veux savoir pourquoi vous m'avez laissé, je ne viens pas pour vous accabler ou vous juger, je veux savoir !

– Je ne sais pas moi, pourquoi j'ai été internée ! Tout ça, c'est à cause de la grosse, elle a tout fait pour que je ne voie plus ton père, elle était jalouse !

– Jalouse de qui ? De mon père ?

– Oui, c'est ça, de ton père, le vrai !

– Quel vrai ?

– Ben, mon ex-mari, ton père !

– Et qu'est que ça à voir ?

– Moi je connaissais ton père adoptif et la grosse, elle tournait autour de mon mari, ton père !

– Si je comprends bien, vous étiez amis, vous vous connaissiez tous les quatre ?

– Oui, c'est ça, on a habité chez eux à Rueil quelque temps et puis quand tu es né, la Marcelle, elle a tout fait pour m'éloigner de toi et du père Hocquemiller !

– Mais qu'est-ce qu'il a à voir là-dedans, lui ?

– Moi, je peux rien te dire, c'est à lui de te le dire !

– Mais me dire quoi ? Je vous dis qu'il est mort !

– Oui, mais moi, je ne sais pas et puis maintenant, c'est trop tard, ça va faire des histoires, je veux plus de ça !

– Vous êtes en train de me dire que mon vrai père était mon père adoptif, c'est ça ?

– Moi, je dis plus rien ! Maintenant, c'est fini, on n'en parle plus ! La vie continue.

Le ton monta un peu.

– Non, non, ça ne va pas se passer comme ça ! Vous allez me dire la vérité ! Sinon, je ne reviendrais plus jamais vous voir !

– Et bien, va-t'en ! J'ai plus rien à dire. Si t'es venu ici pour faire des histoires, c'était pas la peine !

– Mais c'est ridicule ! Je ne veux pas créer de problèmes, je voulais simplement savoir, pour mieux vivre, c'est tout ! Je constate que vous trichez comme tout le monde dans cette histoire. Puisque vous ne voulez rien me dire, je vous souhaite de rester avec vos remords si vous en avez, mais j'en doute !

Pierre partit en claquant la porte. Plus jamais il ne remit les pieds dans cette ville où, pour lui, en ce funeste jour de novembre, une partie de sa vie s'écroulait.

Il était venu plein d'espoir ; il repartait avec les incertitudes de ce passé qui, décidément, ne voulait pas éclairer son avenir.

Sur le chemin du retour, au volant de sa voiture, Pierre comprit sans certitude, que l'homme avec lequel il avait passé la majeure partie de son enfance, était sans doute son vrai père.

Il était malgré tout bien décidé à éclaircir ce mystère auprès des machiavels, dans les plus brefs délais.

Il décida d'aller rendre visite à sa sœur, Joëlle, la plus âgée de toutes et la plus gentille aussi. Elle habitait tout près de Provins, dans une charmante maison, avec ses cinq enfants et son mari Pierrot.

Pierre espérait apprendre quelque chose de nouveau, avec les informations qu'il avait réussi à glaner auprès de celle qu'il appelait désormais sa génitrice.

Quand il raconta à Joëlle ce qu'il avait entendu lors de sa visite à Chaumont, elle se renferma aussitôt sur elle-même, en prétextant n'être au courant de rien.

Pierre lui demanda :

– Mais, tu vivais bien à la maison au moment des faits ? Tu as bien dû voir quelque chose ?

– Non rien ! Tout ce que je sais, c'est que tes parents ont habité quelque temps à Rueil et après ta naissance, ils ont disparu tous les deux. Quand tu as eu deux ou trois ans, ton père et ta mère sont revenus pour te voir une fois et puis plus rien. Quant à ta mère, il ne faut pas l'écouter. Elle était folle et elle racontait n'importe quoi, elle a quand même failli te tuer ! Ne vas pas te mettre n'importe quoi dans la tête ! Tout ça, c'est du passé ! Maintenant tu vas bien ! Ne t'occupe plus de ces histoires qui pourraient te faire encore plus de mal ! Laisse tomber, c'est mieux pour tout le monde !

Pierre ne comprenait vraiment pas pourquoi, une nouvelle fois, on lui fermait la porte. Pourtant, il sentait la vérité proche.

De retour à Rueil, il rendit une visite de courtoisie au Square du Verger.

Mais là, à nouveau, quand il parla de sa rencontre avec sa génitrice, il se heurta à la colère de sa mère, qui rejeta tout en bloc et ne voulut donner aucune explication.

– Et puis laisse ton père tranquille ! Je ne veux plus jamais te revoir ici tu entends ? Plus jamais, disparais !

Pierre fut abasourdi. Il ne comprenait pas toutes ces réactions négatives. Y avait-il encore un espoir de connaître la vérité sur ses origines ?

Il allait falloir se résigner et vivre avec ces incertitudes.

Chapitre 14

Valérie venait de fêter son 12e anniversaire et l'année 1987 se présentait aux yeux de Pierre comme une bonne année. Son travail lui prenait de plus en plus de temps ; Valérie réclamait de plus en plus d'attention.

Quand ils déménagèrent de Rueil pour aller habiter Le Pecq, Pierre fit la connaissance de Nadine, une voisine de palier, qui lui proposa d'aller chercher Valérie à l'école et de s'occuper d'elle, pendant ses absences.

Pierre faisait tout son possible pour rentrer tôt, le soir, afin de passer le plus de temps possible avec sa fille.

Quelques jours avant Noël, il était au bureau, près de Sartrouville, quand la secrétaire vint le voir à la hâte.

– Jean-Pierre, on te demande au téléphone ! C'est urgent !

Pierre arriva dans le bureau et prit le téléphone :

– C'est Nadine !

– Qu'est-ce qui se passe ?

– Il faut que tu viennes vite ! Valérie s'est fait renverser par une voiture en sortant de la garderie !

– C'est grave ? Comment ça s'est passé ?

– Je t'expliquerai tout à l'heure, viens vite ! Ils l'ont transportée, aux urgences, à Garches, je suis avec elle !

Quand Pierre arriva aux urgences, il aperçut Nadine en pleurs.

– Qu'est-ce qui s'est passé ? Où est-elle ?

– Elle est au bloc, avec le médecin.

– C'est grave ?

– Que veux-tu que je te dise ? On ne peut pas savoir !

Pierre apostropha la première infirmière qui sortit du bloc :

– Comment va ma fille Valérie ?

– Elle va bien monsieur, ne vous inquiétez pas ! Le médecin va venir vous voir dès qu'il sort du bloc. Il vous donnera toutes les informations que vous désirez. Restez calme, ce ne sera plus très long.

Pierre, terrassé, éclata en sanglots.

Nadine lui raconta l'incident :

– On était sur le trottoir. J'ai entendu un grand coup de frein, je me suis retournée, je n'ai pas eu le temps de voir la voiture qui était déjà montée sur le trottoir ! Elle nous a percutées sur le côté avant de s'arrêter plus loin !

– Et la puce qu'est-ce qu'elle a ? T'as bien vu quand même ! demanda Pierre.

– Elle était à terre et quand j'ai voulu la ramasser, elle avait mal à l'épaule. Un monsieur m'a dit de ne pas la toucher, que les pompiers arrivaient. Pierre, tout a été si vite que…

– Tu peux pas m'en dire plus ? Est-ce que ça avait l'air grave ?

– Je ne crois pas ! Les pompiers l'ont emmenée dans une coque et ils m'ont rassurée…

Pierre tourna en rond pendant d'interminables minutes sans accabler Nadine davantage. Il attendit, fébrile, que le médecin sorte enfin.

– Vous êtes le papa ?

– Oui ! Comment elle va-t-elle ? Je peux la voir ?

– Oui, vous allez pouvoir la voir ! Suivez-moi, nous allons d'abord dans mon bureau.

Pierre, pétrifié, suivit le médecin. Il s'attendait au pire.

– Voilà ! Votre fille a eu le bras gauche happé au niveau de l'épaule. Nous avons réussi à l'opérer et à reconstituer son accroche sur la base. Mais il faudra l'opérer de nouveau, d'ici trois, quatre jours, pour retravailler sur l'attache des ligaments qui sont très endommagés. Elle risque de ne pas retrouver toute la mobilité, en l'occurrence, de son bras gauche. Mais il y a un espoir, car à cet âge, les enfants nous surprennent et se remettent généralement assez bien de ce genre d'intervention.

Pierre ne dit pas un mot.

– Je sais que Noël est dans quelques jours, nous pourrons la réopérer après et nous avons bon espoir de lui redonner plus de mobilité. Nous allons faire le maximum.

Pierre demanda à nouveau au médecin d'aller la voir.

– Monsieur, vous allez la voir, bien sûr. Actuellement, elle est en salle de réveil. D'ici un moment, elle sera transférée dans sa chambre et vous pourrez y aller. Je vais voir avec l'infirmière pour que l'on vous tienne informé.

Pierre, assommé, ne répondait même plus aux questions de Nadine. Il n'attendait plus qu'une chose : voir sa fille.

Quand enfin l'infirmière vint le chercher, Pierre se précipita.

– Oh, ma puce jolie, comment te sens-tu ?

– Papa, j'ai mal !

Pierre interpella l'infirmière :

– Madame, ma fille souffre ! Allez-vous lui donner quelque chose ?

– C'est déjà fait Monsieur ! Dans quelques minutes, elle ira mieux. Il faut le temps que le sédatif fasse effet.

– Tu vois, chérie, on s'occupe bien de toi et papa est là ! Je ne te quitte plus !

Après quelques minutes, Valérie s'endormit. L'infirmière proposa à Pierre de revenir le lendemain, en le rassurant.

– Ne vous inquiétez pas monsieur, nous nous occuperons bien d'elle. Elle est entre de bonnes mains. Elle va dormir et, demain, tout sera plus clair pour tout le monde.

Effectivement le lendemain, quand Pierre entra dans la chambre de sa fille, elle avait l'air en meilleure forme. L'infirmière qui s'occupait d'elle était très impressionnée. Elle s'adressa à Pierre :

– On n'a vraiment pas l'impression qu'elle a été opérée hier matin ! Elle s'est déjà levée deux fois et ne tient pas en place ! Il faut qu'elle reste au lit pour le moment, le médecin n'est pas passé.

– Tu entends ma chérie ? Il faut que tu restes au lit et surtout ne pas t'énerver, tu peux réveiller la douleur.

Le bras gauche complètement plâtré jusqu'à l'épaule ne semblait pas la déranger plus que ça.

– Elle est toujours comme ça ? demanda l'infirmière.

– Oui, il faut toujours qu'elle bouge, ou qu'elle s'occupe, mais vous savez c'est une petite fille adorable, elle n'est pas turbulente du tout, c'est juste une enfant vivante !

– C'est bon signe, j'espère qu'elle va vite se rétablir.

Le médecin entra dans la chambre pour sa visite journalière.

– Bonjour, monsieur ! Bonjour, Valérie ! Alors comment vas-tu ? Tu as l'air en pleine forme ce matin ? Dis-moi si tu as encore mal.

– Non, j'ai plus mal !

– Bon, c'est bien ! Je pense que tu vas pouvoir sortir pour Noël.

– C'est vrai, je peux sortir ?

– Oui, mais il faudra rester calme et ne pas trop bouger. Et il faudra revenir, pour qu'on te fasse une radio du bras d'accord ?

– Oui, oui, d'accord Monsieur ! T'as entendu papa, je peux sortir pour Noël, je suis trop contente, c'est chouette !

– Oui, ma chérie c'est super, je suis fier de toi, tu me promets d'être sage ?

Oui, papa, c'est promis ! Je sors quand ?

Je vais voir ça avec le docteur et je reviens !

– Monsieur Mothe, je peux faire sortir votre fille en fin de journée vers seize heures. Nous allons lui faire quelques examens complémentaires et on se revoit après les fêtes. Visiblement, elle est en pleine forme, mais restez vigilant, car elle a quand même subi une anesthésie hier matin. Alors, pas trop de fatigue et surtout pas d'excès pour Noël !

– Entendu, docteur, comptez sur moi ! Je dois vous la ramener quand ?

– Le 26 au matin. Nous aimerions la réopérer rapidement, probablement le lendemain au vu des radios. Je vous conseille de ne pas lui parler pour le moment de la deuxième opération. Inutile de l'inquiéter, passez de bonnes fêtes ensemble !

– C'est d'accord. Je viens la chercher cet après-midi et je vous la ramènerai dans deux jours.

Valérie était heureuse de sortir, Le réveillon resta sobre, malgré le nombre de cadeaux qu'elle reçut.

C'était une enfant gâtée, mais pas de façon démesurée, elle n'avait pas d'exigences particulières, avait tendance à regarder les choses utiles plutôt que futiles, ce qui était assez surprenant compte tenu de son âge.

Il faut dire qu'elle avait le sens des priorités, aidée en cela par son papa qui ne manquait jamais une occasion pour lui expliquer la valeur des choses.

Le lendemain matin, quand Pierre ramena Valérie à l'hôpital, il lui expliqua qu'on allait lui faire des examens complémentaires et que tout irait bien.

Il fut très étonné du détachement de sa fille ; elle semblait ne pas être inquiète de retourner à l'hôpital.

Avant de partir, Pierre promit à sa fille de repasser dans l'après-midi. En se retournant, il vit Valérie lui envoyer les plus beaux baisers du monde qu'il ne manqua pas d'attraper au vol pour les accrocher à son cœur.

La nuit qui suivit fut difficile pour Pierre qui eut beaucoup de mal à trouver le sommeil ; il ne cessait de penser à la petite et à l'opération qu'elle devait subir.

Quand il rentra chez lui pour se préparer, la sonnerie du téléphone le fit sursauter, il se précipita.

– Allô ?

– Monsieur Mothe ?

– Oui ?

– Je suis l'infirmière qui s'occupe de votre fille. Il faut que vous veniez rapidement !

– Que se passe-t-il ?

– Le médecin vous expliquera ! Il faut que vous veniez vite !

– Mais dites-moi ce qui se passe !

– Je ne sais pas Monsieur ! On m'a juste demandé de vous faire venir c'est tout. Venez, le médecin vous attend.

Pierre se précipita dans sa voiture. Le trajet entre Le Pecq et Garches n'avait jamais été aussi rapide.

Quand il arriva, très énervé et inquiet, dans le service de chirurgie, Pierre s'adressa à la première infirmière qu'il croisa :

– Que se passe-t-il ?

– Monsieur, venez avec moi, le médecin va vous recevoir.

– Est-ce que ma fille va bien ?

L'infirmière ne répondit pas ; elle entra dans le bureau du médecin.

– Bonjour, Monsieur Mothe.

– Que se passe-t-il, docteur ?

– Asseyez-vous, Monsieur.

– Dites-moi ce qu'il y a ? Est-ce que ma fille va bien ?

– Monsieur Mothe, nous avons rencontré un problème lors de l'anesthésie. Nous avons tout tenté, mais nous n'avons pas réussi à la réanimer.

– Mais vous m'aviez garanti que c'était une opération bénigne !

– Oui, c'est vrai, tout s'est précipité au moment de l'anesthésie.

Pierre s'effondra. Il perdait tout à nouveau. En un instant, sa vie sombra.

Quand il ressortit du bureau du médecin, il aperçut Françoise, sa belle-mère, qui lui tomba dans les bras. Une douleur incommensurable le prit tout entier. Pierre ne comprenait pas ce qui arrivait. Il perdait pied. Il avait envie de mourir.

Françoise fit face, malgré tout, et dit à Pierre de venir à la maison quelques jours :

– Il ne faut pas que tu restes seul.

– Je vous remercie, mais je veux être seul. Je n'ai besoin de rien. J'ai juste envie de me retrouver sans voir, ni entendre personne.

Pierre regarda Françoise dans les yeux et lui dit :

– Pourquoi cet acharnement sur moi ? Qu'est-ce que j'ai bien pu faire au Bon Dieu pour supporter toute cette souffrance ?

– Tu n'y es pour rien, Pierre ! Il faut continuer à vivre, même si tu as mal. Si tu as besoin de quoi que ce soit, appelle-nous sans hésiter. Te savoir seul ne me plaît pas ! Je t'en supplie, Pierre, viens chez nous !

Rien n'y fit.

Pierre avait perdu tous ses repères, il passa la journée du 31 décembre à refuser toutes les invitations qu'on lui proposait.

La soirée du jour de l'an ne pouvait plus, pour lui, être un jour de fête. Il préféra rester seul chez lui.

Vers 22 heures, Pierre entendit la sonnette. Catherine, sa voisine de palier, ne voulait pas le laisser seul.

– Allez, viens dîner avec nous, j'ai quelques amis, ne reste pas seul !

– Non, je te remercie, mais je vais vous ennuyer, je préfère rester seul.

Catherine insista.

– D'accord, mais surtout pas de « bonne année », je t'en supplie Catherine !

– D'accord Pierre, ne t'inquiète pas. Je te promets, allez, viens.

La soirée fut un calvaire, personne n'osait s'adresser à lui et au moment fatidique des vœux, il ne put retenir ces larmes.

Quand il sortit de chez Catherine, il alla sur les bords de la Seine qui longeaient le petit parc de la résidence où il habitait ; il ne cessait de penser à sa fille et la douleur engendrée par cette seule pensée était difficilement supportable.

N'y tenant plus, il se jeta du pont du Pecq dans la Seine.

Mais, ce jour-là n'était pas le sien. Instinctivement, Pierre se mit à nager jusqu'à la berge, il n'avait visiblement pas assez de courage pour en finir avec lui-même.

Il avait déjà eu des idées suicidaires, mais pas au point de passer à l'acte.

Il savait désormais que, plus jamais, il n'aurait envie de recommencer. Il rentra chez lui, peu fier de ce qu'il venait de faire. Il n'en parla jamais à personne.

Sur le chemin du retour, il ne put s'empêcher une nouvelle fois de s'effondrer en larmes tant sa douleur était insupportable.

Ses larmes étaient bien plus fortes que le froid qui venait lui coller à la peau.

Cette nuit de fête pour les uns aurait pu être pour Pierre la nuit perpétuelle, mais il avait une force insoupçonnée qui lui donnait envie de continuer.

La seule chose qui semblait retenir son attention, était de connaître l'identité de la personne qui lui avait enlevé sa fille.

Quand il apprit, peu de temps après, les circonstances de l'accident, il n'eut plus qu'une seule idée en tête : le retrouver.

Il tenta de se calmer en vain ; sa douleur était trop forte, elle atteignit son paroxysme quand un de ses amis, agent de police, lui avoua que, non seulement l'accident de sa fille était dû à un taux d'alcool très élevé, mais qu'en plus le chauffard, concerné était récidiviste.

Il s'agissait d'un ancien boxeur, au passé plus que douteux.

Pierre se mit à imaginer des stratagèmes, afin de venger sa fille.

Pas un jour, pas une nuit il ne cessa d'y penser, son envie de le retrouver était très forte.

Mais les informations qu'il obtint, restèrent floues et sans intérêt.

Pierre s'efforça alors de faire abstraction de ces choses. Il reprit sa vie en main : quel autre choix avait-il ?

Chapitre 15

Les priorités de Pierre avaient évolué, il ne voyait plus la vie comme avant.

Cette nouvelle épreuve était pour lui, sans hésitation, la pire de sa jeune vie. Il avait énormément de mal à se projeter dans l'avenir.

Alors, pour l'aider à oublier, il multipliait les sorties nocturnes et vivait d'expédients. Ses conquêtes féminines n'étaient que de passage.

Il se mit à fréquenter régulièrement une boîte de nuit de Port Marly, mais tout ceci restait sans intérêt : le milieu de la nuit n'était que paillettes il le savait bien, mais il fallait à Pierre un lieu, un exutoire pour son trop-plein de mal-être. Ce fut salutaire sur le moment. C'est là, pourtant, qu'il fit la rencontre de Chantal, une très charmante blonde de quelques années son aînée.

Il s'ensuivit plusieurs rencontres. Pierre tomba fou amoureux d'elle.

Malheureusement pour lui, la situation resta ambiguë ; Chantal était une femme mariée et cet état semblait ne pas convenir du tout à Pierre, lui qui aspirait à une vie tranquille. Hélas, ce nouvel obstacle était un point noir.

Chantal tenta bien, à deux reprises, de s'installer avec Pierre, mais son mari ne l'entendait pas de la même façon. Deux fois il revint la chercher.

Pierre comprit, avec le temps, que cette relation ne pourrait perdurer et qu'il était temps d'y mettre fin, avant de se détruire une fois encore.

Il lui adressa plusieurs ultimatums, mais à chaque fois elle lui demanda d'être patient, le temps travaillant pour eux, elle n'arrivait pas à imaginer ne plus voir Pierre.

Malheureusement, l'érosion du temps fit son œuvre et leur séparation devint inéluctable.

Pierre se jeta à corps perdu dans des relations pléthoriques et sans lendemain.

C'est à cette période qu'il eut la chance de rencontrer Martine avec laquelle, malgré des débuts difficiles, il restera près de dix ans.

Elle arriva tant bien que mal, à le canaliser.

Mais Pierre avait la bougeotte, il fallait toujours qu'il trouve de nouveaux challenges, de nouvelles motivations pour aller de l'avant.

C'est dans ce contexte qu'il entreprit une association avec une de ses amies, pour reprendre une discothèque, dans les Yvelines.

L'aventure dura deux ans, mais le monde de la nuit n'était pas pour lui et Pierre reprit bien vite son travail de représentant en lunetterie, avec son ami Philippe.

Maintenant qu'il était revenu avec Martine vivre à Rueil, sa ville de toujours, Pierre semblait avoir une vie paisible et sans problèmes.

Pierre était un Rueillois de cœur, qui avait toujours adoré cette ville. Il s'y sentait bien et ne se voyait pas vivre ailleurs.

Martine avait deux enfants d'un premier mariage : Xavier 18 ans, et Stéphanie 16 ans, deux enfants adorables et sans problèmes. Quand elle fit la connaissance de Pierre, celui-ci avait à peine 30 ans. Rapidement les enfants de Martine l'acceptèrent. Le père des enfants était décédé quelques années auparavant. Pierre sut rapidement trouver sa place à leur côté ; cette famille recomposée allait être le vrai point d'ancrage de sa nouvelle vie.

Le bonheur dura quelques années.

Pierre eut le privilège de conduire Stéphanie devant monsieur le Maire, comme l'aurait fait n'importe quel papa.

Son émotion, ce jour-là, s'exprima au plus profond de lui, tant il était fier d'être pour Stéphanie le papa qui lui avait tant manqué dans son adolescence.

Le bonheur des jeunes mariés contrastait, malheureusement, avec le couple qu'il formait avec Martine ; le temps et les habitudes, qui trop souvent mènent à la lassitude, avaient fait leur œuvre.

Les déplacements incessants de Pierre qui, pour des raisons professionnelles, partageait son temps entre Liège et Rueil ne convenaient plus à leur vie ; Martine se sentait seule et, peu à peu, ils se détachèrent l'un de l'autre.

Quand ils se quittèrent, après dix années de vie commune, ce fut d'un commun accord ; ils eurent l'intelligence de rester très amis.

Implacablement, Pierre reprit une nouvelle fois le cours de sa vie ; cette toute nouvelle liberté allait-elle le mettre définitivement sur la bonne voie, allait-il faire le bon choix, le destin allait-il enfin lui ouvrir les portes du bonheur, sans lequel Pierre ne se voyait pas vivre.

Les vieux démons allaient-ils ressurgir ou bien disparaître à jamais ?

Un jour d'avril 97, alors que Pierre se rendait au Mans pour participer aux pré-qualifications des 24 Heures du Mans, en qualité de gentleman driver, l'envie le prit d'appeler une ancienne petite amie qu'il avait connue quelques années auparavant et qui habitait près de Rennes. Il décida d'aller lui rendre visite pendant son séjour.

Il fut accueilli par Nelly à bras ouverts, ainsi que par sa petite fille de 6 ans, Charlene. Quelle ne fut pas sa surprise en entrant chez elle, de voir son propre portrait en photo trôner au milieu du salon !

Nelly lui avoua bien vite qu'elle était toujours très amoureuse de lui, que ni le temps, ni l'éloignement n'y avaient changé quoi que ce soit et que s'il le souhaitait, la place était toujours disponible.

Le temps pour Pierre de réaliser et d'expliquer à Nelly qu'il avait beaucoup bougé toutes ces années et que, désormais, il n'était plus dans ses intentions de refaire sa vie avec une femme.

Discrètement, pour que Charlene n'entende pas, il demanda à Nelly :

– Ta fille a bien un père ?

– Oui, mais je ne pouvais pas compter sur lui. Je n'ai plus de nouvelles depuis la naissance de Charlene.

La soirée fut très agréable. Le dîner que prépara Nelly combla Pierre qui adorait la bonne cuisine et, surtout, les très bons vins.

Nelly avait une bonne mémoire ; le Mercurey, vin préféré de Pierre, qui accompagnait le repas, était une pure merveille.

Ils attendirent que Charlene, fatiguée, s'endorme, pour enfin se retrouver tous les deux et parler de leurs bons souvenirs communs.

Il faut dire qu'au début des années 90, Nelly et Pierre formaient avec d'autres amis, une bonne bande de copains, la fête, ils connaissaient.

Ils s'étaient perdus de vue quand elle décida d'aller habiter à Rennes pour son travail ; les rares visites de Nelly sur Paris s'espacèrent.

Pierre restait intrigué par la réponse de Nelly au sujet du père de sa fille.

Quand il lui demanda si Charlene posait la question de savoir qui était son père, Nelly sembla très embarrassée :

– Pour le moment, elle n'en parle pas trop.

– Tu sais qui c'est, au moins ?

– Oui, bien sûr, pour qui me prends-tu ?

– Mais toi, tu n'as aucune nouvelle ?

– Je n'en ai plus depuis un certain temps…

– Et lui, il ne cherche pas à savoir comment va sa fille ?

– Il ne sait pas qu'il a une fille, je ne le lui ai jamais dit !

– Ah bravo, tu fais fort ! Mais tu te rends compte que pour elle, cela peut être vital de connaître son père ? Peut-être qu'il lui manque et qu'elle ne te dit rien ? C'est important un père, tu sais ce que moi j'ai enduré avec Valérie. Aujourd'hui, il faut que tu retrouves son père, que tu lui dises qu'il a un enfant, tu ne crois pas ?

– Oui je suis d'accord avec toi, mais je ne sais pas comment il risque de prendre cette nouvelle.

– Je sais, mais cela n'est pas facile, avec toutes ces années. Fais-le au moins pour elle ! Elle va grandir et elle voudra savoir !

– Oui, tu as raison, je vais lui dire.

Elle regarda Pierre avec insistance.

– Tu te souviens, la dernière fois que nous nous sommes vus à Houilles, chez mes parents ? C'était en Avril…

– Peut-être…

– Charlene est né en décembre.

– Qu'est-ce que tu essaies de me dire ?

– La vérité… Charlene est ta fille.

Pierre n'en crut pas ses oreilles :

– Tu me dis ça maintenant, comme ça ? Tu en es sûre ?

– Aucun doute ! Je ne fréquentais que toi à l'époque !

– Et tu as attendu tout ce temps ?

– Je te rappelle que tu n'étais plus présent lorsque que je suis partie à Rennes et que tu ne donnais plus de nouvelles. De toute façon, tu n'étais pas prêt, si tu avais su que j'étais enceinte, tu n'aurais sûrement pas été d'accord pour que je garde le bébé ! Alors j'ai pris la décision toute seule, je ne te demande rien, si tu ne veux pas être son père, il n'y a pas de problème, je l'assume déjà et je peux continuer sans toi.

– Mais tu es malade, si c'est vraiment ma fille, j'assume également !

– Pourquoi si c'est ta fille ? Bien sûr que c'est ta fille ! Tu crois vraiment que je m'amuserais avec ce genre de chose ?

– Je n'espère pas ! Et la petite, elle ne le sait pas ?

– Non, mais si tu es sûr de toi, je lui annonce sans plus tarder, dès demain.

– C'est toi qui décides Nelly… Je tombe des nues, mais si je suis son père, il faut le lui dire. Demain matin, je dois retourner au Mans de bonne heure, mais je reviendrai dans la soirée, on lui parlera tous les deux.

– Oui, d'accord, mais je vais quand même la préparer un peu, car pour elle, ça risque d'être un événement important, il ne faut pas que l'on fasse n'importe quoi…

En fin de soirée, quand Pierre revint chez Nelly, à peine eut-il passé le pas de la porte que Charlene lui sauta au cou, en hurlant :

– Papa ! Papa !

Pierre regarda Nelly qui lui dit :

– Dès que j'ai commencé à lui parler de la situation, elle m'a tout de suite dit qu'elle aimerait un papa comme toi. Alors j'ai craqué, voilà, mais tout va bien ! Regarde, tu vois qu'elle est heureuse !

– Oui c'est vrai et cela n'est pas plus mal car je n'arrivais pas à m'imaginer comment nous allions nous y prendre pour aborder le sujet. Tout va bien.

Charlene s'accrocha à son papa pendant toute la soirée et sa mère eut un mal fou à la faire dormir de bonne heure.

Le lendemain au petit-déjeuner, Pierre expliqua à Charlene qu'il devait rentrer à Paris après sa journée, mais que dès le week-end prochain, il redescendrait la voir pour deux ou trois jours.

Toute la semaine qui suivit, Pierre ne put s'empêcher de repenser à ce qui venait de lui arriver.

Il se disait que, décidément, la vie valait le coup d'être vécue et que le destin pouvait parfois lui réserver de bonnes surprises.

Il avait pour habitude, depuis déjà pas mal de temps, de dîner une fois par semaine avec sa bande de copains à Paris.

C'était vraiment le rendez-vous des potes. Pratiquement tous les jeudis soir ils se retrouvaient au Clos des Bourguignons, tout près de l'Olympia, pour refaire le monde.

C'était avec cette bande de copains qu'il avait connu Nelly, à l'époque où les parents de celle-ci tenaient une Brasserie dans le 17e arrondissement de Paris.

Ce jeudi-là, quand Pierre arriva au Clos des Bourguignons, il était heureux, il allait donner des nouvelles de Nelly et de sa fille à tous ses amis. Quelles vont être leurs réactions quand Pierre leur annoncera la grande nouvelle ?

Tout le monde était attablé.

– J'ai une grande nouvelle à vous annoncer… Vous connaissez tous Charlene, la fille de Nelly ? Et bien… C'est ma fille !

Pierre entendit au bout de la table, sans savoir de qui il s'agissait :

Tu es bien le seul ici à qui elle peut faire croire ça !

Il ne voulut pas entendre. Visiblement, personne ne semblait prendre cette nouvelle au sérieux ; Pierre en fut très affecté, mais il décida de ne pas relever et d'assumer seul cette grande nouvelle, sans plus jamais en parler à ses amis.

Quand il revint sur Rennes en fin de semaine, il en parla à Nelly, qui lui répondit aussitôt ;

– Ils sont toujours aussi cons !

Mais Pierre n'était pas revenu ici pour parler de ça. Il voulait récupérer le temps qu'il avait perdu sans Charlene.

Il était arrivé les bras chargés de cadeaux, pour le plus grand plaisir de sa fille.

Tout le week-end, il passa son temps à jouer avec elle et puis, parce qu'il fallait aussi s'organiser, il demanda à Nelly si Charlene pouvait venir de temps en temps passer quelques jours chez lui à Paris, ce qu'elle accepta sans discuter.

– Bien sûr qu'elle peut ! Maintenant qu'elle a un papa, elle ne cesse d'en parler à tout le monde, à l'école et dans la rue.

La maman de Nelly, qui habitait aussi à Rennes depuis quelques temps, fut ravie de la tournure des événements ; quand elle revit Pierre qu'elle n'avait pas vu depuis bien longtemps, elle lui dit :

– Je ne disais rien, mais j'étais persuadée que c'était toi qui étais le papa de Charlene ! Nelly n'a jamais rien voulu me dire, mais moi je le sentais et je suis très heureuse pour vous trois.

Le premier week-end que Charlene vint passer seule avec son papa à Paris, il lui organisa une visite au Parc Astérix.

Ils passèrent une merveilleuse journée.

Le soir au téléphone, Charlene passa un temps interminable pour raconter à sa maman la magnifique journée qu'elle venait de passer avec son papa.

Quand Pierre reprit le téléphone, Nelly lui dit :

– Bon tout se passe bien ? Tu crois que tu peux vraiment t'occuper d'elle maintenant ?

– Oui bien sûr, mais pourquoi cette question ?

– Je veux être sûre de tes intentions, c'est tout !

– Mais elles sont très claires mes intentions ! J'ai une fille et j'assume, je veux m'occuper d'elle autant que je le pourrais si tu es d'accord !

– Tu te vois vivre avec elle ?

– Bien sûr, mais pourquoi toutes ces questions ?

– Parce qu'elle m'a demandé pourquoi on ne vivait pas ensemble et je n'ai pas su quoi lui répondre…

– Il faut lui dire la vérité. Toi, tu habites Rennes et moi Paris. Je vais lui expliquer tranquillement, je m'en charge, n'en parlons plus.

Le lendemain matin, après le petit-déjeuner, Pierre décida de parler à sa fille :

– Ma chérie, j'ai des choses importantes à te dire. Comme maman habite à Rennes et moi à Paris, tu pourras venir à chaque fois que tu en auras envie d'accord ?

– Mais pourquoi vous n'êtes pas dans la même maison ?

– Parce que, ta maman et moi, on n'est tout simplement plus amoureux ! Mais le principal, c'est de se voir tu ne crois pas ? Dès que tu en as envie et le plus possible.

Charlene ne sembla pas très convaincue, mais ne posa plus de questions.

Le soir même, quand Nelly téléphona pour prendre des nouvelles, Pierre lui relata la discussion du matin. Nelly ne sembla pas étonnée de la réaction de sa fille.

– C'est une enfant facile, ne t'inquiète pas, je verrai avec elle quand elle rentrera.

Le lendemain, Charlene était pressée de retourner près de sa maman. C'était la première fois qu'elle la quittait, c'était une expérience nouvelle.

Il n'y avait que quelques semaines seulement que Charlene avait appris qu'elle avait un papa. Même si elle semblait s'adapter rapidement, la situation n'était pas forcément simple à comprendre pour une enfant aussi jeune.

Pierre rappela Nelly en soirée, pour prendre des nouvelles et avoir des échos sur les quelques jours passés avec sa fille.

Charlene avait l'air très heureuse des moments passés avec son papa, elle s'empressa d'ailleurs de lui demander quand il reviendrait la voir.

Puis les événements s'enchaînèrent.

Un soir, Nelly téléphona à Pierre :

– Écoute, je pense que pour la petite, il serait souhaitable de vivre ensemble ! Elle n'arrête pas de m'en parler !

– Tu sais bien que cela n'est pas possible ! J'ai fait ma vie ici.

– Oui, je sais, mais réfléchis quand même, on serait bien tous les trois. Pour Charlene ce serait magnifique !

Mais enfin, tu n'y penses pas ! Je ne vois pas pourquoi cela ne marcherait pas comme ça, il y a des tas de gens qui vivent avec leurs enfants sans être ensemble !

– Pourquoi tu ne te vois pas vivre avec moi ?

– Honnêtement non, le passé est passé voilà tout et moi, sans être égoïste, ma vie est bien comme ça !

– Tu ne penses qu'à toi ! Tu ne penses pas à ta fille !

– Surtout pas ce genre de marchandage affectif ! Tu sais très bien qu'avec ce que j'ai déjà vécu, je ne fonctionne pas comme cela avec les enfants !

Le ton monta :

– Tu ne penses qu'à toi ! Et ta fille dans tout cela ? Je ne désire pas te faire de chantage Pierre, mais c'est devenu une obsession, elle ne parle plus que de cela !

– D'accord, je comprends, mais il faut que toi, tu lui expliques ! Et surtout que tu lui montres que ça te convient, sinon elle ne peut pas comprendre !

– En fait, ça t'arrange bien tout ça ?

– Comment peux-tu penser de telles choses de moi ? Je fais tout ce que je peux pour la voir le plus possible et puis il faut aussi que je m'habitue à la situation. Ce n'est pas parce que je ne veux pas vivre avec toi que je n'aime pas ma fille, enfin, c'est ridicule !

– Pierre, tu es bien sûr de toi ? Tu as bien réfléchi ?

– Oui, je suis sûr ! C'est toi qui fais des histoires ! Je pense que Charlene peut tout à fait être heureuse de cette façon, il suffit d'être d'accord et bien lui expliquer !

– Tu te trompes complètement ! De toute façon, si tu ne changes pas d'avis, tu ne la verras plus !

– Comment ? Tu plaisantes j'espère ? Te rends-tu compte de ce que tu viens de me dire ?

– Oui, absolument, je n'ai pas envie que ma fille soit transbahutée d'une maison à l'autre, ça pourrait la perturber !

– Mais tu dis n'importe quoi ! Il y a plein d'enfants qui sont très heureux, sans que leurs parents vivent ensemble !

– Peut-être, mais cela n'est pas ce que je veux pour ma fille !

– Je te signale que c'est aussi ma fille !

– Ça, c'est moins sûr !

– Quoi ?

– Je te dis, ça, c'est moins sûr !

– Mais qu'est-ce que tu me fais là ? Tu me prends pour un con ?

– Non, mais rien ne prouve que tu sois vraiment son père…

– Attends ! Tu te rends compte de ce que tu dis ? J'espère que Charlene n'entend pas !

– Non, elle est couchée.

– C'est grave ce que tu avances ! Il faut que tu sois claire une bonne fois pour toutes !

– Mais je suis très claire ! Si tu veux la revoir, c'est comme ça et pas autrement !

– Non, je ne te parle pas de ça ! C'est ma fille ou pas ma fille ?

– Écoute, c'est à toi de savoir si tu me fais confiance ou pas !

– Tu sais ce que tu fais là ? C'est n'importe quoi et grave de conséquences, en es-tu consciente ?

– Ça me regarde !

– Mais moi aussi, ça me regarde ! Maintenant que tu as parlé, il faut que tu ailles au bout de ton explication, je veux savoir !

– Écoute, j'en ai marre de cette discussion ! Je t'ai dit ce qu'il en était, maintenant tu fais comme tu veux ! Mais tu ne la reverras pas de si tôt !

Pierre n'eut pas le temps de répondre, Nelly avait raccroché.

Toute la nuit, Pierre tenta de joindre Nelly à nouveau. Son téléphone resta fermé. Le lendemain en fin de soirée, après de multiples tentatives, Pierre arriva enfin à la joindre.

– Tu ne réponds plus au téléphone ?

– Non, j'en avais marre !

– Il faut pourtant que tu me dises la vérité !

– Mais bien sûr que c'est ta fille ! Je me suis énervée, excuse-moi !

– Que je t'excuse ? Mais tu plaisantes ! Tu m'as fait passer une des pires nuits de mon existence !

– Je te dis que je m'excuse !

– Franchement Nelly, tu peux comprendre que je vais avoir du mal à te faire confiance, ce n'est pas un sujet pour plaisanter, alors s'il te plaît, réglons au mieux ce problème, en bonne intelligence.

– Ah oui ? Comment ça ?

– Si c'est ma fille, je suis prêt à reconnaître Charlene, mais il faut que ce soit bien clair entre nous, je ne viendrai jamais vivre avec toi, parce que c'est ainsi, le passé est passé.

– Alors, tu ne verras plus Charlene !

– Mais tu déconnes ou quoi ? Qu'est-ce que tu cherches exactement ?

– Je veux que ma fille soit heureuse en famille !

– Et comme ça, ça ne te convient pas ?

– Non ! Et si tu ne veux pas de nous, ce n'est pas un problème, je n'ai pas envie que ma fille ait un papa fantôme.

– Écoute, c'est très simple… Je suis son père et ce n'est pas toi qui vas décider de ma vie, d'accord ?

Le ton monta à nouveau.

– Non, je ne décide pas de ta vie, mais je décide pour celle de ma fille !

– On ne va pas recommencer, c'est aussi ma fille !

– Oui, on verra…

– Tu arrêtes tout de suite tes allusions douteuses, sinon c'est vite fait, je fais faire des tests ADN, tu arrêteras de m'emmerder avec ça une bonne fois pour toutes !

– Alors ça, je peux te dire que ce n'est pas près d'arriver, jamais, tu m'entends, jamais !

Nelly raccrocha.

Quand enfin Pierre réussit à la joindre de nouveau :

– Mais qu'est qui te prend ? Je ne comprends pas où tu veux en venir ?

– C'est très simple, tu ne veux pas vivre sous le même toit que nous, alors tu nous laisses tranquilles !

– Bon, écoute, je descends vendredi chez toi et on s'explique une bonne fois pour toutes, d'accord ?

– Ce n'est pas la peine, de toute façon, je déménage à Montpellier, je vais changer mon numéro de téléphone, je ne veux plus entendre parler de toi !

– Tu es malade ou quoi ? Qu'est-ce que tu vas dire à Charlene ? Qu'elle avait un papa et que maintenant elle n'en a plus ? Tu imagines ce qu'elle va penser ? Tu crois que ça va se passer comme ça ? Que je vais rester à ne rien faire ? Mais tu rêves ! Je ne comprends même pas que tu puisses me faire un truc pareil avec un enfant comme enjeu, tout en sachant ce que j'ai déjà vécu avec Valérie ! Ce que tu fais est vraiment horrible, surtout pour Charlene ! Je ne sais pas comment ça va se terminer, mais dis-toi bien que plus tard Charlene cherchera à comprendre et que tu ne pourras pas m'empêcher de lui dire la vérité.

Le vendredi, quand Pierre arriva à Rennes, il ne fut qu'à moitié surpris ; Nelly ne répondait plus à ses appels téléphoniques depuis quelques jours et effectivement elle avait déménagé en début de semaine.

Pierre se rendit alors chez ses parents qui habitaient tout près de là ; il arriva devant la porte, il espérait trouver Charlene et Nelly pour s'expliquer ; sa maman lui ouvrit, elle vit Pierre et fondit en larmes.

– Mais que s'est-il passé, Jean-Pierre ? Nelly ne veut pas que je vous dise où elle est partie. Je suis vraiment désolée, moi qui me faisais une joie de vous voir enfin heureux tous les trois ! Je ne comprends pas, c'est désolant pour tout le monde ! J'ai toujours su que vous étiez le père de Charlene, j'en étais persuadée depuis le début, mais Nelly ne m'avait jamais rien avoué.

– Moi non plus, je ne comprends pas, tout s'est bien passé pendant presque un an et là, d'un seul coup, elle a insisté pour que je vienne vivre avec elle ! J'ai eu beau lui expliquer que pour le moment, tout allait bien et qu'en plus, Charlene semblait être heureuse, rien n'y a fait ! Je ne sais plus quoi faire ! Elle a déménagé comme ça, du jour au lendemain ?

– Non, c'était prévu depuis un certain temps, elle voulait aller vivre à Montpellier.

– Elle est partie là-bas alors ?

– Oui, mais je n'ai pas son adresse !

– Je me doute bien que vous n'allez pas me la donner !

– Dites-lui quand même que je suis venu et qu'il faut qu'elle m'appelle.

– Je lui dirai Pierre… Tu peux compter sur moi, mais je ne te promets pas qu'elle appelle…

Pierre retourna sur Paris. Il n'aura de cesse de chercher à savoir où Nelly habitait, en vain. Le secret semblait très bien gardé par tout son entourage.

Il parvint quand même à avoir des nouvelles de Charlene par la maman de Nelly, qui ne voulait pas couper les ponts avec lui.

Chaque fois qu'il lui téléphonait pour demander des nouvelles de sa fille et afin que Nelly l'appelle, celle-ci lui répondait inlassablement que de toute façon elle savait où le joindre mais que pour le moment elle n'en avait pas envie.

À nouveau, Pierre tenta de reprendre le fil de sa vie.

Un soir, alors qu'il était attablé avec ses amis de toujours, il reçut un coup de téléphone surprenant :

– Monsieur Jean-Pierre MOTHE ?

– Oui ?

– Bonjour ! Je suis ton frère Philippe…

Pierre sortit de table.

– Oui bonjour ! Mon frère ? Mais comment ça ?

– Oui, ton frère Philippe… J'ai réussi à avoir tes coordonnées par notre mère que tu as rencontrée il y a quelques années à Chaumont, chez elle.

– Oui, effectivement je me souviens bien ! Mais comment avez-vous eu mon téléphone ?

– Par ton employeur. Ça fait longtemps que je te cherche !

– Ah oui ? Comment ça ?

– Tu es mon frère et j'aimerais faire ta connaissance…

– Oui, bien sûr, pourquoi pas ? Est-ce que je peux vous rappeler, car là, je suis au restaurant avec des amis. Vous habitez où ?

– À Moyeuvre, tout près de Metz…

– Super ! C'est un hasard, mais je dois me rendre à Metz la semaine prochaine, on peut se rencontrer ?

– Cela me ferait vraiment plaisir !

– D'accord ! Alors on se rappelle et je viens vous voir ?

Il voulait garder cette nouvelle pour lui seul et décida de n'en parler à personne, tant qu'il ne l'avait pas rencontré.

La semaine suivante, Pierre allait faire la connaissance de son frère, son aîné de deux ans. Pierre était impatient. Allait-il enfin apprendre des choses et savoir la vérité sur son passé ?

Quand il arriva enfin au rendez-vous, il reconnut immédiatement Philippe : leur ressemblance était frappante.

Il était accompagné de son épouse et de ses deux enfants. Ils passèrent ainsi leur soirée à se raconter leurs passés respectifs. Ils ne s'étaient jamais côtoyés, car Philippe avait été abandonné aussi très jeune. Ils n'arrivaient pas à s'expliquer la raison de leur abandon.

Pierre pensait en arrivant ici, apprendre des choses sur son passé, mais malheureusement, Philippe n'en savait pas plus que lui.

Le chapitre familial étant clos, ils apprirent tous deux à se connaître.

Visiblement, Philippe menait une vie plus que moyenne, après l'échec d'une petite épicerie qu'il tenait dans son village ; il se retrouvait quelque peu sur la touche, professionnellement.

Il était prêt à tout pour travailler, mais dans la région, ses connaissances étaient très limitées.

Pierre lui expliqua que, malheureusement, les relations qu'il avait se situaient en grande partie à Paris et qu'il ne pouvait pas faire grand-chose pour lui.

Philippe dit qu'il ne voyait aucun inconvénient pour se rendre à Paris, si l'emploi était sur la capitale. Il ferait la démarche sans problème.

– Ok, frérot, je vais voir ce que je peux faire…

Quelques semaines plus tard, Philippe se rendit à Paris. Pierre devait lui présenter un employeur potentiel.

– D'abord, je vais t'emmener à ton rendez-vous. Ensuite, nous irons déjeuner, je te ferai visiter un peu Rueil pour que tu voies où j'ai vécu, ok ?

– Pas de problème… C'est super de t'avoir rencontré, je suis vraiment heureux ! Si, en plus, le travail pouvait convenir, ce serait le Pérou !

Le rendez-vous fut très positif. Philippe pouvait commencer à travailler dès la semaine suivante, un peu inquiet de l'inconnu, Pierre le rassura :

– Tout va bien, tu vas venir à la maison quelques temps, pour te refaire une santé et après on verra bien…

– Tu es sûr que ça ne va pas te déranger ?

– Mais non, la maison est grande, tu auras une chambre, et puis le week-end, tu pourras aller rejoindre ta famille.

– Je te remercie vraiment de ce que tu fais pour moi.

– Bon, comme on est à côté, je vais te montrer le Square du Verger.

– C'est quoi ?

– C'est là que j'ai vécu gamin.

Quand ils remontèrent la côte qui mène au centre du Square, Philippe s'écria :

– Mais je suis déjà venu ici !

– Ah bon, mais quand ça ?

– Je ne sais plus, j'étais tout petit, mais je suis sûr !

Avant même que Pierre ne tourna sur la droite, Philippe s'écria à nouveau :

– Tiens, c'est ici cette maison-là, à droite, je suis sûr !

– Mais oui, c'est là que j'ai habité ! Mais tu es venu quand ?

– Je ne me souviens pas, mais je suis sûr, je suis venu avec maman et il y avait même Christian, notre frère…

Pierre se gara à la hâte et reprit espoir.

– Essaie de te souvenir, tu étais venu pourquoi ?

– Vraiment je ne me souviens plus, c'est loin !

– Tu ne te souviens vraiment de rien ?

– Non, je t'assure, à part que maman s'était disputée avec la femme de ton père, je crois.

– Avec qui ?

– Ben la femme qui vivait là, une grosse, qui n'était vraiment pas gentille !

– Madame Hocquemiller ?

– Oui c'est ça, c'est ce nom-là !

– Et tu as dit, avec mon père ?

– Ben oui, ça, tu le sais ! On n'a pas le même père !

– Non, je ne savais pas ! C'est qui le tien ?

– Mon père, c'est un certain Christian Vallet, je ne l'ai pas connu…

– Ben, moi non plus…

– Ah non, toi, ton père c'est un autre !

– Mais qui alors ?

– Ben, celui qui vivait là !

– Monsieur Hocquemiller ?

– Mais non, c'est mon père adoptif, lui !

– Ah non, lui, c'est ton père, le vrai !

– Mais tu es sûr de toi ?

– Oui, c'est ce que m'a toujours dit maman !

– Il faut que tu me redonnes ses coordonnées, je vais retourner la voir.

– Tu vas avoir du mal, elle est morte il y a trois ans !

Pierre ne comprenait pas ce qui lui tombait dessus. Il était partagé entre la fierté d'être le fils de celui qu'il avait toujours admiré et la frustration de n'avoir pu partager plus de moments d'intimité avec son père.

Il repensa à ce moment furtif passé avec son père, avant de partir au Clos.

Son père, qui, après l'avoir pris dans ses bras en le serrant de toutes ses forces, lui avait dit :

– *Moi je t'aime. Je ne peux pas faire grand-chose pour toi, il faudra être fort, mon grand. J'ai confiance. Tu dois être un homme, ne pas te laisser faire. Je sais que tu vas réussir et être heureux. Je t'aime, tu es mon fils, tu as du caractère et ça marchera. Personne n'a le droit de te faire du mal. Je veux que tu sois encore plus fort, que tu reviennes vite de là-bas, moi je t'attendrai…*

Il ne l'avait pas attendu. Son père est mort le jour de son propre anniversaire, le 28 mars 1976.

Ce que Pierre sait aujourd'hui, c'est que la vérité des hommes n'est plus la sienne et que son rêve si longtemps caressé du bout des doigts, être son fils, restera à tout jamais, la plus grande réussite de sa vie.

Léo MOTHE

Editeur
SELENA ÉDITION

Mise en page
Lemuri-Concept

ISBN : 979-10-94886-25-0

Achevé d'imprimer chez Corlet Imprimeur

Dépôt légal : 4e trimestre 2020.
N° d'imprimeur : 20050270